ドリームダスト・モンスターズ

白い河、夜の船

櫛木理宇

ドリームダスト・モンスターズ

白い河、夜の船

目次

プロローグ 9
第一話　モザイクかけら破片 21
第二話　水に朱いろ 91
第三話　てのひらの卵 171
第四話　白い河、夜の船 239

時は今、悪夢の一群、襲ひ寄り、
栗いろ髪の若者を、枕の上に捻ぢ伏せる時刻。
――シャルル・P・ボオドレエル『かはたれ時』

プロローグ

初秋の空が、夕焼けになかば溶けかけていた。

かろうじて晴天の青をてっぺんに貼りつけてはいるものの、西に落ちかけた太陽に照らされ、ちぎれた雲はオレンジと薄桃に映えている。

道の向こうに見える家や木々、オフィスビルや電柱が、夕陽を背に薄黒いシルエットと化している。だがまだ街灯がともるほどの暗さではなかった。

肩からずり落ちたかばんのストラップを、晶水《あきみ》は手を伸ばしてかけなおした。

紺や水色のランドセルを背負った小学生たちが、きゃいきゃいと声をあげて横断歩道を駆けていく。

へえ、あんなちいさな子たちもいま帰りなのか。そう思った途端、目の前で信号が赤に切り替わった。

ああしまった、わたしも走ればよかった、と悔やんだがもう遅い。

まあいいか、と強《し》いて自分に言い聞かせる。べつに急いでいるわけじゃなし、父の帰宅まではじゅうぶん間に合うはずだ。

――それに。

そっと右膝《ひざ》を見おろした。

約一年前、事故で傷めた膝だ。以来、全力疾走はできなくなった。小走りくらいなら問題ないとはいえ、もとどおりに走ることはもう不可能だった。

短く吐息をつく。信号の待ち時間を表示するインジケータを横目に、携帯電話で時刻を確認するべく晶水はかばんを傾けた。

そのとき、

「石川先輩！」

と、黄いろい声が多重唱で鳴り響いた。

顔をあげて、晶水は思わず「あ」と口をあけた。

見慣れたジャージを着た見慣れた顔が、いっせいにわらわらと走り寄ってくる。みる間に眼前へ人の列ができていく。

十五人はいるだろうか、全員が女の子だ。どうやらランニングの帰りらしい。どの子も息を切らし、汗だくの顔を真っ赤にしている。

「石川先輩、ざっす！」

「ざす！　いまお帰りですか」

「その制服って鐙田東《アブトー》ですよね。スカート短くないすか」

「でも短いのも似合います！　先輩やっぱ足長いっす」

四方八方からやつぎばやに声が浴びせかけられる。気づけば晶水は、すっかり人の輪に取り囲まれてしまっていた。

校章を胸にプリントした紺ジャージの少女たちは、みな中学時代の後輩だ。市立新鞍《にいくら》中学、女子バスケットボール部の面めんである。

去年までは晶水もこの紺ジャージを着ていっしょに走っていたのだ。なのに、いまはひどく遠い。何十年も昔のことのような気さえした。

「いつものランニングコース、走ってきたの」

晶水が言う。

後輩たちは勢いこんでうなずいた。

「そうっす。公園外周と、坂ダッシュ十本」

「参りますよ。先輩たちいないと、みんなたるんじゃって」

目の前の少女がやれやれ、といったふうにかぶりを振る。晶水から四番のユニフォームを受け継いだ、現主将の三年生だ。

「それでもトシ先輩が来てくれた日は、なんとかびしっと締まるんですけどね。そうでない日は、あからさまにみんなだれ気味で」

「え、トシ、鞍中に顔出してるんだ」

晶水が問いかえす。

「はい、たまにっすけど」

なんの屈託もなく、少女は首を縦にする。

トシこと涌井美舟《わくいみふね》は、晶水の中学時代のチームメイトであり親友であり、現クラスメイトでもある。渾名《あだな》の由来は俳優の三船敏郎《みふねとしろう》からで、後輩にまで「トシ先輩」呼ばわりされても平然としている、どこか飄々《ひょうひょう》とした少女だ。

お世辞にも気さくとは言えないが、隠しごとをするようなタイプでもない。しかし彼女からそんな話を聞かされたことは、高校に入学して以来一度もなかった。

「石川先輩も、暇なとき来てくださいよお」

「ほんとほんと。みんな喜びますって」

「一年坊もみんな見たいって言ってますよ。伝説の石川先輩を」

口ぐちに言う後輩たちに、晶水は苦笑した。

「なにそれ、人をツチノコみたいに」

「だってほんとに伝説じゃないですか。バレンタインのときも先輩の誕生日も、すごかったっすよね。プレゼント持った下級生女子が、先輩の机までずらーっと長い行列つくっちゃって。わたし列の最後尾に看板持って立ってようかと思いましたもん」

「よく言うよ。あんた先頭近くに並んでたじゃん」

どっと笑い声があがる。

無邪気な笑顔と嬌声《きょうせい》と、デオドラントの柑橘《かんきつ》系の香り。汗ばんだ熱気に囲まれながら、晶水はかすかにこわばった笑みを頬に貼りつけたままでいた。

信号が青に切り替わる。機械音の童謡が流れだす。

後輩たちが手を振って駆け去ってしまったあとも、晶水はしばしの間、そこから動けなかった。

やがて、ぽつりと言う。

「……山江《やまえ》、いつまで隠れてんの」

「あ、ばれた？」

背後の植栽から、ひとりの少年がひょこっと顔を出した。

がさがさと葉を鳴らしながらあらわした姿は、晶水と同じ鐙田東《あぶみだひがし》高校の制服だ。小柄な体《たい》躯《く》に、短く刈った髪。一年A組の、山江壱《いち》であった。

晶水が横目でかるく睨《にら》む。

「とっくにわかってた。てか、痴漢みたいな真似すんな」

「いやー、あっちの道から石川見つけたんで走ってきたはいいんだけど、あの子らに先に声かけられちゃってさ。出ていくタイミングのがしたんだよな。しょうがねえから、しばらく隠れて待ってたの」

　そう言ってにっかり笑う彼の目線は、身長一七五センチの晶水より十センチ以上低い。まだ夏服ゆえ上は白のポロシャツだが、ズボンのほうは裾《すそ》を何重にも折って穿いている。

　くるんと目が大きくて、可愛らしいのに俊敏そうで、彼を見るといつも晶水はロリスだのガラゴだの、ある種の小猿を連想させられた。

　髪についた葉っぱを壱は手で払い、

「それよか石川、うち寄ってかねぇ？　ばあちゃんが昨日かやくごはん炊きすぎたみたいで、『アキちゃんにおすそわけしなきゃー』って何度も言ってたぜ」

　と通りの向こうを指さした。

　晶水が口ごもる。

「あー……いいのかな。もらっちゃって」

「いいのいいの、遠慮すんなって。どうせいま、おれん家《ち》ふたりだけだからさ。なにつくったって余るんだもんね」

彼は笑顔で肩をすくめた。

壱は本来なら、祖父母と三人暮らしだ。しかしいま祖父は長期の入院中であった。動脈瘤の手術は無事終わったそうだが、いつ頃に退院できる、とは晶水はまだ耳にしたことがなかった。

「んじゃ、行こうぜ」

彼女の返事も待たず、壱はくるりときびすをかえした。

横断歩道を渡って、角のローソンの敷地を横ぎる。やけにだだっ広い駐車場の隅では野良猫が数匹、夕陽に目を細めて香箱を組んでいた。

角を曲がりきると、途端に道が細くなった。すい、とどこからか甘い香りがただよってくる。

なんの匂《にお》いだろう、と晶水は顔をあげた。と同時に、竿《さお》にひっかかってしおれていた幟《のぼり》が折からの風にはためいて、赤地に『大判焼き』の白抜き文字をあらわにした。

「そういや、こっちの人って〝大判焼き〟って言うよなあ」

のんびりと壱が言った。

「石川もそうだろ。大判焼きか、もしくは今川焼きって言うんじゃない？」

「ふつうでしょ。てか、それじゃあんたはなんて言うの」

「んー、おれん家《ち》はね、ばあちゃんは回転焼きで、じーちゃんは太鼓焼きって言うかな。おれはそのときどきで、臨機応変《リンキオーヘン》」

と彼はいつものように、まるで英単語でも唱えるような奇妙な発音をしてみせる。

足もとの小石をかるく蹴《け》って、

「……練習、見に行ってあげんの？」

ふいに壱は言った。

「え？」

一瞬、晶水は面食らった。壱が彼女を覗《のぞ》きこむようにして、

「さっきの子たち。見に来てって言ってたじゃん」

と重ねて言う。

晶水はかえす言葉に詰まった。すこし考えて口をひらきかけ、また考えて唇を閉ざす。そうして結局は、

「わかんない」

と正直に答えた。

「まだ、そんな心境になれないんだよね。……あの子らには悪いけど」

「そっか」

あっさりと壱はうなずいた。

季節は晩夏と初秋の中間ほどだ。日中はまだ蒸し暑いのに、日暮れともなるとぐっと秋の気配が濃くなる。空気はどこかひんやりと澄んで、溶けるように夜に馴染《なじ》む。

壱が言った。

「石川、バスケしてる夢っていまでもみることある？」

「そりゃ、あるよ」

晶水は即答した。

あるに決まっている。なにしろ小学三年から中学三年のなかばまで、どっぷり六年半バスケ漬けの生活だったのだ。そうそう心も体も、たやすく忘れられるものではない。

「目が覚めてさ、いい夢だったなーって思う？」

「んー、どうだろ」

首をそらした。民家の垣根越しに覗く、鶏頭の花があざやかに赤い。

「でも——思うかな。うん、たぶん思う」

そう答えた。

小首を傾げるようにして、壱がさらに問いかけてきた。

「ね、その夢、おれも出てきたりしないかな」

「はあ?」

晶水は目をしばたたいた。

壱が笑って、

「いや、おれも夢ん中でもいいから、石川といっしょにバスケしたいなーって思って。なあ、今度おれもその夢に出演さしてよ。なんなら補欠でも、ベンチウォーマーでもいいからさ」

「さしてよって、あんたね。他人をそんな自由に、夢にほいほい出し入れできるわけ——」

言いかけて、あ、と気づいた。

そうだ、こいつはできるんだ。

他人の夢に入ることも、出ることも。そしてひそやかに眠る記憶のありかまで、深く深く潜っていくことも。

晶水の脳裏に、壱の祖母である千代の顔があらためて浮かぶ。和服の似合うかの風雅な老女が、ひっそりと営んでいる隠れ家のような店。黒地にくすんだ金泥で描かれた、『ゆめみや』の看板。

——夢見屋。

夕陽が西空になかば姿を隠している。夜に飲みこまれつつある世界で、最後の抵抗のようにあたりいっぱいを茜《あかね》に染めている。

橙《だいだい》いろの空を背に、

「じゃ、いつかな。はい指きり」

と笑顔で壱は、晶水に向かって小指を差しだしてみせた。

第一話　モザイクかけら破片

1

「おとうさん起きて、七時！」

朝の七時きっかりに、晶水は父の寝室のドアを乱打した。

これは月曜日から金曜日まで、毎日規則正しくおこなわれる父親のための儀式だ。父の乙彦《おつひこ》はとびきり優秀な男だが同時にとびきりの変人で、平日朝は「すべての決まりごと」をクリアしないと、会社までたどり着けないのだった。

まずきっかり七時ちょうどに誰かが声をかけて起こす。いつもの靴下を右から穿き、階段をいつものように右足からおりる。

朝食のメニューも会社に持っていく弁当の中身も決まりきっており、それ以外はけして食べない。白飯、鮭フレーク、おひたし、味噌汁《みそしる》の朝食に餡《あん》ドーナツとハーゲンダッツのアイスクリームをひとつずつ食べ、

「朝は糖分をとらないと、頭が働かないからな」

とひとり悦に入る。

しかしその朝食も弁当も、つくるのはひとり娘である晶水の役目だ。

去年までは専業主婦の母がやってくれていたが、例の事故で母は鬼籍に入り、父のお守りは自動的に晶水のつとめとなった。

「おとうさん、帰ったらハンカチも靴下もちゃんと洗濯機に入れといてよ。それと、今日こそへんなキャッチセールスにつかまっちゃだめだからね」

「うん、わかってるよ。でもあの人たち、やたらとおしゃべりで面白いんだよなあ」

「やっぱりわかってないじゃない。はい、アイスクリーム」

愛用のスプーンといっしょに、ハーゲンダッツのカップを押しつける。

このローテーションも決まっていて、月曜はヴァニラ、火曜はストロベリー、水曜はグリーンティー、というふうでないといけない。ちなみに今日は火曜日だから、ストロベリーだ。

ひと匙《さじ》すくって、父が目を細める。

「うん、週の二日目はこの甘さと酸味でないと」

「はいはい」

まったく、これで職場ではエリート中のエリートで通っているんだから恐れいる。しかも研究職で、かなりの高給取りだったりする。

晶水の背後では点けっぱなしのテレビが、いままさに芸能ニュースから地方ニュースへと切り替わるところだった。

「スタジオからお届けします。では今朝のヘッドラインは『あいつぐお年寄り狙いの詐欺、その手口と対策』、『連続放火事件、続報』、『茸《きのこ》狩りや松茸《まつたけ》狩りの季節、私有地への無断侵入が問題に』……」

晶水は壁かけの時計を仰いだ。

「おとうさん、そろそろわたし自分の支度しなきゃいけないから、食べたら鍵とかばんとお弁当持って、そこの時計が鳴ったら出かけてね。靴べらはいつもの場所にあるからお願い。あ、それからほんとのほんとに、今日こそキャッチセールスの相手するのはやめてよね」

「わかってるよ」

鷹揚《おうよう》に父がうなずく。

「でもあの人たち、面白いんだ。意味不明なことをべらべらべらべら、のべつまくなしに、よくああも中身のないことをしゃべりつづけられるものかと、つい興味が湧《わ》いちゃって――」

「もう、行くからね！」

憤然と晶水は、制服に着替えるべくリヴィングを走り出た。

「アキ、おはよ」

「おはようアキちゃん」

背後からの声に、肩越しに振りかえる。

そこに立っているのは美舟と、同じくクラスメイトの橋本雛乃《ひなの》だった。晶水ほどではないが長身の美舟と、ちんまりと小柄な雛乃が仲よく肩を並べているのは妙に微笑《ほほえ》ましい眺めである。

「おはよ」

晶水は答え、欠伸《あくび》を嚙《か》みころした。

「眠そうだね。どしたの」と美舟。

「んー、衛星放送のＮＢＡハイライト、つい夜中の二時まで観ちゃってさ」

「録画しとけばいいのに」

雛乃が言った。友達になりたての頃はおずおずと遠慮がちだった彼女も、近ごろはだいぶ物言いが打ちとけてきたようだ。

「録画するほどじゃないと思ったの。でもテレビ点けたらやってたんで、ついね」

晶水は自分の顔を指さして、

「そんなに眠そう？　ひどい顔？」

とふたりに訊《き》いた。

美舟が笑う。

「それほどでもないよ。すくなくとも春よりはぜんっぜんマシ。あの頃のアキはそりゃもう、毎日毎日すごい形相してたもん」

「両目の下、くっきりクマ浮いてたよね。眉間《みけん》にはいっつも深い縦皺《たてじわ》だったし」

と雛乃まで同意する。

晶水はちょっと口をとがらせて、

「あの頃は……ちょっと、あんまり眠れなかったから。毎晩の夢見もよくなかったしさ、忘れてよ」

と力なく反論した。

そうだ。入学当時の晶水はいろいろとくさっていた。突然の母の死にも、同じ事故でつぶされた膝のことにも、慣れない家事にも、もうバスケができないという残酷な現実にも。

そのせいでしばらくクラスの中で孤立したが、いまは美舟たちの助けも借りて、すこしずつ「怖い」「近寄りがたい」というイメージを払拭しつつある。声をかけてくれる子も、ちらほらとだが増えつつあった。

美舟が指をつと伸ばして、

「そういや、クマ消えたね」

親友の目の下の、やわらかい皮膚をちょんとつつく。切れ長の目を細め、ふっと微笑する。

「人相変わった」

「そうかな」

「変わった変わった。あいかわらず可愛くないけど」

「なんだと」

言いかえして、晶水が苦笑する。美舟は声をあげて笑い、雛乃がちょっと困ったようにふたりを見くらべてから、ゆっくり唇の両端を吊《つ》りあげる。

三人の横を、自転車通学の生徒たちが軽やかに駆け抜けていった。

2

「あー、だからして、太宰がこの作品を書いたのは井伏鱒二の紹介で結婚したあとで、彼がいちばん精神的に安定していた時期とも言え……」

現代文学の教師の声は、今日ものんべんだらりと間延びしている。

晶水は朝から十数回目の欠伸を奥歯で嚙みころし、廊下をへだてて開けはなされた窓に目線を流した。

いい天気だった。

蒸し暑いばかりだった時期を超え、町はようやく過ごしやすい季節を迎えつつある。ひところはあんなにうるさかった蟬《せみ》の声も先週あたりからぱたりとやんで、いまは夜ともなると草むらから、りいりいと涼しい音が聞こえだす。

頰杖《ほおづえ》をつきながら、晶水はぼんやり空を眺めた。すこしずつまぶたが重くなる。視界がせばまり、世界がじょじょに暗くなる。

はっ、と目を見ひらいた。

いけないいけない。あやうく居眠りしてしまうところだった。慌てて教科書に向きなおる。が、また自然と首は窓のほうへと向いていく。

風がやわらかく吹きこんでくる。校庭のネットの向こうに、教会の赤い三角屋根と十字架が見える。

あれ、あそこ更地になってる、と彼女は思った。

前はなにが建ってたんだっけ。またコンビニができるのかな。だったら今度はサークルKでもセブンイレブンでもなく、ミニストップかポプラでも来てくれないかな。そうでなくてもこのへん、セブン乱立しすぎ——。

すい、と意識が薄れる。今度こそ睡魔にさらわれていく。

そのまま晶水は抗《あらが》うことなく、とろとろと甘い眠りに落ちていった。

水を探して、晶水は薄暗い校舎をひとり歩いていた。

喉《のど》がかわいた。飲み水がほしい。

なおも歩をすすめると、ようやく水道が見つかった。安堵《あんど》して、勢いよく蛇口をひねる。

途端に、真っ赤な錆《さ》び水が噴きだしてきた。

晶水は顔をしかめた。いくら待っても水は透明になってくれなかった。どうにもこれは、飲めそうにない。

しかたなしに、彼女は階下へおりた。

一階には二台の自動販売機があるはずだった。ひとつは紙パックの牛乳やジュースの販売機で、もうひとつはお茶とポカリスエットだけの、ペットボトルの販売機だ。

お茶でいいや、とポケットの中で小銭を探った。

だが、歩いても歩いても自動販売機は見つからなかった。一階の廊下がやけに長い。長すぎて、行きどまりが闇に飲まれて見えない。

石川、とどこからか声がした。

顔をあげる。

山江壱が目の前に立っていた。

水がほしいんでしょ、こっちこっち、と腕をひっぱられる。とくに抵抗もせず、おとなしく晶水は彼に従った。

まあ山江とならだいじょうぶだろう、とそう思う。

こいつがわたしをあぶないところへ連れていくわけがない。ひとりで行動するのは嫌いじゃないが、いまは彼とふたりのほうが心強い。

さっきまであんなに長かったはずの廊下が、なぜか彼と歩くとひどく短い。突きあたりにぶつかる。壱の言うがまま、右に曲がる。

その瞬間、世界が変わった。そこはもう校舎ではなかった。外界だった。

さらさら、と清かな音がする。聞き覚えがあった。ああそうだ、これは竹の葉が揺れる音だ。

晶水は口の中でつぶやいた。

——おばあちゃんちの竹林。

と。

眼前に、なつかしい母方祖母の家があった。

かつては奥座敷の窓を開けると、いつだってこの竹の薄緑が目に入ったものだ。祖母が亡くなって屋敷が取り壊され、仏壇も移され、いまは訪れる機会もなくなってしまったけれど、はっきり覚えている。

石川のおばあちゃん家《ち》でお茶出してもらおうよ、と壱が言う。それがいいね、と晶水は答える。なんだかひどく安心する。胸がほわりとあたたかくなる。

広い庭のなかばまで来たときだ。

思わず晶水は立ちどまった。

異質な色彩が、視界を横ぎるようにちりっと疾《はし》り抜けるのがわかった。正体はわからなかった。だが、ぎょっとするような、どぎつい色だった。

――なんだろう。

いまなにか〝入って〟きた。

そうはっきり知覚する間もなく、突然世界がぐらり、と揺れた。

視界がせばまる。暗くなる。その向こうに、女の子が見えた。
三、四歳ほどのちいさな女の子だ。赤い三輪車に乗って、ごきげんで庭を走っている。見たことのない庭だった。笑みをたたえて少女を見守る両親らしき男女の顔にも、まるで見覚えはなかった。
幸福な光景だった。その眺めが、いきなりガラス板のように砕け、弾《はじ》け飛んだ。

激しい赤が、世界をいちめん覆う。

ちらちらとなにかが踊っている。黄いろ。赤。あれは火だろうか。

誰かの悲鳴が聞こえる。誰かが倒れている。血まみれの腕。あれは誰の腕だろう。

——血。赤。火。

握りしめているはずの、壱の手の感触が遠い。

火の映像が揺れた。揺れながら薄れ、かと思うとまた濃くなった。

ふたたび幼女の笑顔が大写しになる。

ふっくりした頰。まだ生えそろわない前歯。父親の腕が伸びて、彼女を抱きあげる。少女が笑う。ふたりの姿と、祖母の竹林とが二重写しになって見える。だが毒どくしい赤が、またもその情景に重なって——。

かくん、と頰杖から顎《あご》が落ちた。

意識が急に覚醒する。

晶水はまぶたをあげた。

そこは、一年C組の教室だった。

「というわけで、この時代がまあ、太宰の最盛期と言えるだろうな。彼の人生においてもそうだが、作家としても良質な作品を次つぎに発表した安定期だと……」

教師の声がだらだらとつづいている。

どうやらまどろんだのはほんの一、二分のことだったらしい。晶水はほっと吐息をついた。

眉間を指で揉《も》む。教科書をめくる。

教師が名簿に目を落とし、

「ええと、今日は十五日か。んじゃ名簿の十五番、次のページの最後の行まで読んでみろ」

その声に応じて、「はい」と男子生徒が立ちあがる。

彼のやけに流暢《りゅうちょう》な朗読を聞き流しながら、それにしても妙な夢だったな、と晶水は内心でひとりごちた。

途中まではふつうの夢だった。むしろ、いい夢だと思ったくらいだ。あのまま庭を突っ切って屋敷までたどりつけていたなら、大好きだった祖母と再会を果たせたかもしれない。

なのに途中から――そう、途中からなにかが割りこんできた。

自分の意識でも無意識でもないなにかが、モザイク状に散らばりながら混ざりこみ、こちらの夢をわがもの顔で攪乱《かくらん》した――ように思えた。

でも、そんなことってあるんだろうか。

晶水は指を組んだ。

気のせいかもしれない。不自然な体勢で居眠りしたせいで、常にはない悪夢をみただけなんじゃないだろうか。

いや、きっとそうだ。そうに違いない。自分に言い聞かせ、彼女はいま一度きつく眉間を揉んだ。

朗読が終わり、教師の声がとって代わる。

「はいご苦労。で、さっきも言ったとおり、太宰が身も心も、作家としてももっとも安定していたのがこの頃だ。それは文体にもあらわれていて、たとえば同時期の作品である『駈込み訴え』なんてのは口述にもかかわらず、最後の一文までいっさい乱れることなく……」

滔々《とうとう》と言葉が流れていく。

授業に集中するべく、晶水はノートの新たなページをめくった。


「いっしかわ！」

真横から、能天気な声が鳴り響いた。

いちいち目をあげるまでもない。どうせあいつだ、と思いながらも首を向けると、思ったとおり山江壱が、廊下側の窓枠に肘《ひじ》をついて晶水を覗きこんでいた。

背後には、同じくA組の蜂谷《はちや》崇史《たかし》と等々力《とどろき》拓実《たくみ》が立っている。

この三人組は、たいがいいつもいっしょに行動しているようだ。これから体育なのか、全員が学校指定のジャージ姿だった。

「なんか用？」

短く晶水が訊く。

壱が首を振って、

「んにゃ。なんもねーけど、素通りすんのもヤだったからいちおう声かけてみた」

「最低でも一日一回は石川の顔見たいし、しゃべりたいんだってさ」

と拓実がよけいな口をはさむ。

晶水はなるべく平静をよそおって、

「じゃ、今日のノルマは果たしたってことで。ごきげんよう」

と冷ややかに言った。

内心でかるく舌打ちする。

——まったく。あとでメールして、こっそり教室まで呼びに行こうと思ってたのに。

蜂谷と等々力がくっついてたんじゃ、夢の打ちあけ話なんかできっこない。

だいたいこの「どうせ近ぢかくっつくんだろこいつら」みたいな空気がいやだ。耐えられない。

われながら素直じゃないとは思うが、どうにも昔から好きだの嫌いだのといった話題は気恥ずかしくて苦手だった。そのせいで美舟には、

「硬派な番長か、あんた」

といつも呆れられていたものだ。

わざとがちゃがちゃ音をたてて、ペンをペンケースにしまう。その間に拓実と崇史が顔を見あわせ、肩をすくめて離れていった。

だが、壱だけは動かない。

窓枠に肘をついたままじっと晶水を見ている。

「……なに、山江」

「や、なにってこともないけどさ」

すっと顔を寄せて、耳もとでささやく。

「なんかあったらすぐ言えよな。――二十四時間、いつでもいいから」

一瞬、晶水は絶句した。

にかっと壱が歯を見せて笑う。答えは待たず、彼は「そんじゃ体育行ってきまーす」と、前のふたりを追って軽快に走り去っていった。

3

「知ってるか。ゲティスバーグの演説でのリンカーンの名台詞《めいぜりふ》、『人民の、人民による、人民のための政治』。おまえらも一度は耳にしたことがあるだろう。だがこの言葉、じつはリンカーンのオリジナルじゃないんだ。まずは一八五〇年の、パーカー牧師の著作にさかのぼってだな……」

世界史の教師が、得意げにいつもの蘊蓄《うんちく》を披露している。

落ちかかってくるまぶたを、晶水は意思の力でなんとかこじあけた。

あれから早寝を心がけ、なるべく十一時にはベッドに入るようしていた。朝練の習慣がなくなったいまでも、基本的に彼女は早起きである。十一時半に寝て六時半に起床というのが、体調的にはベストの習慣であった。

だから、昨晩の不眠は不可抗力だ。

しいて言えば運が悪かった。

ぐっすり寝入っていた丑三《うしみ》つどきに、彼女を目覚めさせたのは怒声とけたたましいパトカーのサイレンだった。慌ててはね起き、窓のカーテンをあけて外をうかがった。どうやら家のすぐ前の通りで、酔っぱらい数人が喧嘩《けんか》したらしかった。

さいわいパトカーは三十分ほどで帰った。

だがその後、突発的な出来事に対応できない父が、

「だ、だいじょうぶかアキ。なにもないか、無事か」

と恐慌状態となって晶水の部屋に闖入《ちんにゅう》するという事件に飛び火した。

やっとの思いで「なにもない。うちはなんでもないから」と父をなだめてベッドに戻ったときには、すでに空の端が白みかけていた。

「リンカーンはこの著書を見てメモし、それを演説につかったと言われている。ところがだな、この言葉はさらに言えば、パーカー牧師のオリジナルでもなく……」

――だめだ、眠い。

晶水の肩が、かくりと落ちた。

ひとりでに目が閉じていく。教師の声が遠くなる。

ああもうだめだ、と思ったときには、すでに意識の最後の糸はぷつりと切れていた。


クロゼットの前で、晶水は困り果てていた。

父の出勤時刻がせまっている。早く身支度をさせて、家から彼を送りださねばならない。

なのに、靴下がなかった。

父の乙彦は紺のシルクの靴下しか穿かない。はっきりした理由は不明だが、どうやらほかの素材や色は生理的に受けつけないらしかった。

だからいつも父の簞笥《たんす》の抽斗《ひきだし》には、紺の靴下がぎっしり詰まっているのだ。だのになぜか、今朝は白やグレイしかない。探っても探っても、紺が見あたらない。

やけに抽斗が深い。晶水の肘まで入ってしまうほどの深さだ。

だが晶水は、それをすこしも不思議に思わなかった。ただ、気ばかりあせる。タイムリミットが刻々とせまる。

その瞬間だった。

こめかみのあたりで、音もなく視界が爆《は》ぜた。

例のモザイクだ。晶水は即座に悟った。

断片的な映像が、奔流のようにどっと雪崩《なだ》れこんでくる。彼女に戸惑う暇すら与えず、映像が眼前で次つぎ切り替わっていく。

まず、赤が視《み》えた。踊る赤だ。

火――いや、炎だった。

誰かが殴られている。悲鳴をあげている。泣き声。嗚咽《おえつ》。そして瞬時に、例の幼女の笑顔に無音で切り替わる。

手入れのいい庭が見えた。赤い三輪車が見えた。

少女が笑い、両親も笑う。可愛らしいワンピースを着てくるくるまわり、白いホールケーキの蠟燭《ろうそく》を吹き消す。きっと誕生日のケーキだろう。

その平和な光景を切り裂くように、ふたたび赤が侵食する。火と、血だ。黒みを帯びた赤。悲嘆と屈辱と、暴力の色だった。

泣き声が聞こえる。誰の声だろう。

まさかあの少女か。あの子が泣いているのか。

それにあの、床に倒れた血だらけの腕。肉が叩かれ、ひしゃげる音。なまぐさい臭い。苦痛にいろどられた、低い呻《うめ》き声。

生ごみの饐《す》えた悪臭に混じって、なにかが焦げる臭いがする。たちこめた煙が、目に痛いほど沁《し》みる。

なんなのこれ、と晶水は思う。

わたしじゃない。これはわたしの夢じゃない。誰かが勝手に侵入して、同調して、わたしの意識と混線している。

——混線。

途端に、はっと晶水は目覚めた。

ぜい、とあえぎそうになり、慌てて息を止めた。授業中だ、と瞬時に思いだし、掌《てのひら》で口を押さえる。

荒くなりかける呼吸を、必死でおさめた。

額に脂汗《あぶらあせ》が滲む。いつの間にか、背中も冷えた汗でびっしょりだ。指さきがこまかく震えている。

「というわけで、世に知られた名台詞がじつは彼らのオリジナルじゃないなんてのは、けっこうよくある話なんだな。それとはちょっと違うが、そういえば映画の『カサブランカ』の名台詞とされている『もう一度弾いてくれ、サム』という台詞は、じつのところ作中じゃ一回も……」

教師の声が、右から左へ素通りしていく。

たったいま見た映像を思いだし、晶水は机の下で携帯電話を握りしめた。

そして、静かにメールを打ちはじめた。

「一家惨殺《ざんさつ》？」

透きとおるような青空を背景に、壱が目をまん丸にして言った。

清涼な秋景色にはあまりそぐわぬ台詞だ。場所は鐙田東高校において、いまや唯一の木造となった北校舎である。

少子化にともなって物置兼図書の閉架と化した北校舎を訪れる生徒は、いまやほとんどいない。屋上や非常階段は二、三年生のカップルに占拠されているし、一年坊の晶水と壱が校内で内緒ばなしをするならば、ここ以外に選択肢はないのだった。

先の問いを受けて、

「……突飛な話だよね。でも、そうとしか見えなかったの」

と晶水は低く言った。

妙なことを言っている自覚はある。だが、どうしても懸念がぬぐえなかった。第一あの映像は、複数人からのものではなかった。

感覚でわかる。相手はひとりだ。

幸福そのものの三人家族の情景。それを打ち消すようにあらわれる、荒あらしく暴力的な映像のかけらたち。

両者は無縁ではない。すくなくとも誰か、どちらの光景をも目にした者がどこかにいるはずであった。

「でもなんで、わたしの夢に入りこんできたんだろう。山江、こういうケースって聞いたことある？」

「うーん」

壱は唸《うな》って、

「おれは経験ないけど、石川は子どもの頃からじょじょにじゃなく、十五歳過ぎてからこっ、ちにかかわったからかなぁ。急に感覚が発達すると、やたらめったら過敏になることがあるらしいぜ。昔じいちゃんが言ってた」

と、壁に寄りかかったまま眉《まゆ》をひそめる。

「感度の高いラジオが外国の周波数を拾うみたいに、たまたま誰かの夢とかち合っちゃったんじゃないかな。たぶんこういうややこしいのは、じきにおさまると思うけど」

「ほんと？」

「うん。そのうち無意識に制御できるようになるはず。おれもばあちゃんも、ふだんは自然とスイッチ切ってるもんね」

壱は肩をすくめた。

つまりいまの晶水は、意図せずともスイッチが入りっぱなしの状態であるらしい。彼はさらに首をひねって、

「でも誰かれかまわず拾うってわけないから、ほんと偶然波長が合っちゃったんだろうな。たぶんそいつ、石川が好きなタイプのやつなんじゃない？　あ、好きっていうのは気が合うとか、親密になれそうとかって意味な」

と言い、

「……野郎だったら、やだな」

じっとり晶水を見つめてきた。

彼女が慌てて目をそらす。

「知らないよそんなの。どこの誰かも心あたりないし、わたしに言われても困る」

「ん。だよね」

すんなり壱はうなずいた。

「石川は浮気するようなタイプじゃないもんな。そこはだいじょうぶ、信頼してる」

「浮気って、あんたね……」

そもそも付きあってもいないだろう。そう突っこみたかったが、藪蛇《やぶへび》になりそうなのでやめた。「だったら付きあおうよ」だの、「もう付きあってるようなもんじゃん」だのと言いかえされそうで、いろいろ気まずい。

さいわい壱は追い打ちをかけてはこなかった。代わりに腕を伸ばし、「ん」とうながすように手を差しだしてくる。

すこしためらってから、晶水はその手をとった。

握りかえす。ぎゅっと指に力をこめる。

ぴりっ、とかるい電流に似たものが走った。火花が散るほどではない。だがごく微弱な静電気のような、それでいて胸の奥まで走り抜けていくような――。

そっとまぶたをあげ、

「……どう？」

と晶水は訊いてみた。

同じく目をひらいた壱が、眉宇《びう》を曇らせる。

「んー、ごめん。いまは石川、そいつと〝電波〟がつながってないみたいだ。探ってみたけど、なんもわかんなかった」

そう言うと壱はもう一度「ごめん」と悔しそうに言った。

4

「ねえ、石川さんて山江くんと付きあってるの？」

「は？」

唐突な問いに、思わず晶水はぽかんと口をあけた。

顔をあげれば視界いっぱいに心配そうな、それでいて苛立《いらだ》たしげな顔がある。

同じC組の女子生徒だった。確か神林《かんばやし》とかいう名の子だ。フルネームは神林佐紀《さき》。とくに話したことはないが、たぶんバレー部所属だったと記憶している。

「いや……べつに、そんなんじゃないけど」

もごもごと晶水は言った。

だが佐紀は納得しがたい様子で、

「だって昨日の昼休み、北校舎でふたりで会ってたでしょ。手ぇ握りあってたじゃん」

とさらに詰め寄ってくる。

「ああ、あれは」

晶水は視線を泳がせた。なんと言い抜けたらいいのかわからなかった。

まさかほんとうのことを言うわけにいかない。だが、もとより嘘は苦手なたちだ。ここは「ただの友情の握手です」とでも言うべきか。それとも「殴りあった末の和解の証《あかし》」とか。

いや、これはこれで十二分におかしい気がする。

ええとええと、とあせりながら頭の中で言葉を探していると、

「違うって。あれはね、石川が風邪気味で熱っぽいっていうからさわってみただけ」

耳の横あたりで、笑いを含んだ声がした。

目をあげると、壱がいた。

いつものように廊下側の窓枠に両手を突き、そこから身をのりだすようにしてふたりを眺めている。

神林佐紀が、不満げに口をとがらせた。

「熱はかるのに、そんなことするぅ？」

「だってデコとデコくっつけてはかるわけいかないじゃん。〝付きあってる〟わけでもないのにさ。でしょ？」

悪びれなく壱は言いはなった。

彼に見つめられて、「えーっ、でもぉ」「そうかもしんないけどぉ」と言いながらも、佐紀がしぶしぶ引きさがる。

その様子を見てはじめて「あれ」と晶水は思った。あの剣幕といい、壱にちょっと強く出られただけで矛先をおさめたことといい。

――ひょっとしてあの子、山江のこと好きなんじゃ。

ようやくそう思った。

惚《ほ》れた腫《は》れたの話題は苦手だ。疎いし、興味もないし、この歳《とし》になるまでその手の話には背を向けて生きてきた。

だがそんな晶水にさえ、ぴんと来るものがあった。考えれば考えるほど、間違いないと思える。

そういえば壱が「早弁しちゃって、昼に食うものがない」とC組に乱入してきたとき、まっさきに「おむすび食べる?」と声をあげたのは佐紀だった。それ以外でも壱がクラスに顔を出すたび、いちいち反応していた記憶がないでもない。

――うわ、やばい。やなこと気づいちゃった。

かるいパニックに陥り、脳内であたふたする晶水をよそに、

「石川、あれから夢、どう?」

こともなげに壱が訊いてくる。

「え?……あ、ああ、うん。へいき」

口ごもりつつ晶水は答えた。

元来、感情をあらわにしないほうだと自分では思っていた。試合中はポーカーフェイスでいろとの監督の指導により、あせりや動揺を表面に出さない訓練だってしてきた。だがそれでも、いまこの瞬間なにも顔に出ていない自信がなかった。

晶水はうわずった声で、

「今日は居眠りしなかったし、あの、なんにもなかった」

とかろうじて答えた。

言いながら、横目でちらりと神林佐紀をうかがう。

バレー部にしては小柄な子だ。身長は一五二、三センチといったところか。おそらく山江

壱と並んだならちょうどいい背丈のはずだ。いままで気にしたことがなかったが、ルックスのレベルも高い。晶水の目から見ても、正直かなり可愛い。

——お似合いだなあ。

自然にそんな慨嘆が浮かんできてしまう。

だがそんな彼女の耳に、

「昨日うち帰ってさ、ばあちゃんに相談してみたんだ」

との壱の声が入ってきた。

途端に晶水ははっと気を取りなおす。壱の「ばあちゃん」といえば、つまり山江千代のことだ。

思わず声を低めて、

「……千代さん、なんて言ってた？」

と問いただした。

壱が答える。

「念のため、近いうち家に寄ってもらいなさいって。なあ石川、今日の放課後って暇？　もし時間あるようだったら例のアレ、おれん家《ち》でやってみねぇ？」

晶水はごくりとつばを飲みこんだ。

例のアレ、の意味が瞬時に飲みこめたからだ。

品良くほのかに微笑む千代の顔が脳裏に浮かぶ。逡巡《しゅんじゅん》は、ほんのわずかな間だった。晶水はきっぱりうなずいて、

「うん。お願い」

と壱の顔を正面から見つめた。


「あらまあアキちゃん、おひさしぶり」

約半月ぶりに会う山江千代はいつもと変わらぬ小粋な和服姿で、籐《とう》製の座椅子《いす》にゆったり腰をかけていた。

まだ残暑がきびしいせいだろう、涼しげな藍《あい》いろの竪絽《たてろ》に、博多織の名古屋帯を締めている。頬には、見慣れたやわらかい微笑が浮かんでいた。

「おひさしぶりです。炊きこみ——じゃなくてかやくごはん、美味《おい》しかったです」

と彼女の関西訛《なま》りに合わせて、晶水は頭をさげた。

千代が言うには、

「一家でいろんな地方を渡り歩いてきたもんで、あちこちの言葉や習慣が混ざってしもてるのよ」

だそうだ。

だが耳で聞く限り千代の言葉は関西訛りがベースで、壱のそれはところどころあやしいにしろ、だいたい標準語ベースだった。ちなみにいま入院中の祖父の言葉は、聞いたことがないので不明である。

「ちょうどよかった。お隣さんから、ようさんお菓子をいただいたとこなのよ。娘さんがいま遅い夏休みで帰省中だそうでね、手づくりのバナナケーキとマフィンをほら、こんなにどっさり」

あとでおすそわけぶん、袋に分けとくわね——と千代がはんなり微笑む。

いつ会ってもどこか浮世ばなれした、可憐《かれん》な老婦人である。

野に咲く花のようにはかなげな風情をたたえているくせに、反面でどっしりと頼り甲斐もあるという不思議なひとだ。

母を亡くし、父方も母方もすでに祖父母が鬼籍に入った晶水にとっては、なんとなし「甘えたい。甘えてもいいんじゃないか」と思わせてくれる唯一の存在であった。

熱い煎茶《せんちゃ》と生クリームを添えたバナナケーキで一服したのち、つと千代が居住まいを正す。

「ほな、そろそろ本題に入りましょうか」

にこりと笑った。

「イチの話だけじゃ、どうにも要領を得なくてね。アキちゃんから、ちゃんと訊かなあかんと思ってましたのよ」

「いやあの、でも、すみません」

晶水は言いよどんだ。

「わたしの話も、たぶんぜんぜん要領を得ないと思います。なにがあったのか、自分でもよくわかってませんから」

「それでもええの」

本人の口から聞く、ということがなにより大事なんですよ――と、微笑を崩さず千代が言う。

そう、これがいつもの彼女の手順だ。悪夢について訊き、語らせ、さらに〝入って〟夢を解く。

――夢見屋。

それが山江家が代だい営んでいるという、家業であった。

ただし夢は人の不安やトラウマの自浄作用でもあるため、千代いわく「こっちがやるのは、補助程度」であるという。解きあかす助力はするけれど、思いだすのはあくまで自力で、が基本のようであった。

「じゃあ、あの、わかりにくい話なんですけど……」

千代の笑顔にうながされるようにして、晶水は話しだした。

授業中についうとうとと居眠りしてしまったこと。最初のうちは確かに自分の夢であったのに、気づいたら電波が混線するかのように、なにかが割りこんできたこと。

花が咲く緑の庭。はしゃぐ幼女と、それを笑顔で見守る両親。そんな微笑ましい風景に、突如として流血や発火の映像が入り混じり、夢の世界をぶち壊してしまったこと。

「……だからわたし、あの一家になにかあったんじゃないかと思って」

声を落とした。

「でもアキちゃん」

やんわりと千代が言う。

「人殺しの夢をみたからって、どこかでほんとうに人殺しがあったとは限らへんのよ。悪夢の多くは意識の底の不安や恐れがかたちを変えたものであって、意識のねじ曲げがあるぶん、現実よりずっと過激化しやすいの」

「はい」

晶水は首肯した。

「わかってます。だけど、あまりにもなまなましくって。それも視えただけじゃなく、臭いや感触まで伝わってきたんです。鼻先でなにかが焦げる臭いが、はっきり嗅ぎとれました」

あの幼女と、やさしそうな両親が死んだとは思いたくなかった。が、あの暴力的な映像と切り離して考えることも、どうしてもできなかった。

なまぐさい血の臭い。木材や畳が焼ける臭い。頬をちりつかせる火花の熱までまざまざと感じられた。

「そう」

千代が顎に指をあて、

「ほしたら、やっぱりいっぺん〝入って〟みるのがええかしらね。アキちゃんの中に、まだかけらというか、残滓《ざんし》が落ちているかもしれないし」

と思案顔になった。

ほんとは残ってぇへんほうがええんやけど——と、小声でぽつりと付けくわえる。

人体はデリケートで、もともと異分子を抱えこめるようにはできていない。ましてや他人の意識など重荷でストレスになるだけだから、だそうであった。

晶水はその場に座りなおすと、無言でそっと頭をさげた。

三人は隣の寝間へと移動した。

壱がのべた敷布団に、晶水は千代と並んで横たわる。晶水は高校の制服のままで、千代は藍いろの竪絽だ。

枕もとには壱がしゃがみこみ、ふたりを見おろす格好になる。彼は、眠りに落ちたふたりを〝引きあげ〟る役なのだ。

昔は眠りに落ちるのも引きあげるのもひとりでやったというが、「事故が多かったから、分担制になったの」というのが千代の弁であった。

ゆるりと晶水は目を閉じた。

この儀式は、すでに何度も体験している。不安はなかった。千代がいっしょに潜ってくれるのだし、なによりすぐそばに壱がいる。

まぶたがおりる。視界が暗くなる。

すう、と意識が落ちていくのがわかった。

深く暗いところへ、まっすぐに沈んでいく。引きずりこまれるのではなく、ごく自然な下降だった。

おりている。いや、くだっている。気づけば晶水は、長い長い螺旋《らせん》階段の途中に立っていた。

一歩一歩、踏みしめるようにおりていく。

見おろすと、下の段がまるで渦を巻いた海流のように映った。薄暗く、果ては見えない。しかし恐怖はなかった。

背後にはっきりと千代の気配を感じる。彼女がいてくれる限り、なにも怖いことはないはずだった。

手摺《てすり》に置いた左手を滑らせるようにして、さらにくだっていく。

フェンスと手摺にはアンティークな彫刻がほどこされていた。アールヌーヴォーふうの、曲線を主にした精緻な彫刻だ。

長い長い螺旋階段は、くらりと錯覚を起こさせる。のぼっているのかおりているのか、いつしか自分でもわからなくなる。

誰かがとん、と肩を叩くのがわかった。

——起きるんよ。

千代の声だった。晶水はうなずく。ああそうか、もう起きていいのか。彼女が言うなら、きっとそうなんだろう。

顔をあげた。頭上に、よく日焼けした腕があった。

「石川、こっち!」

壱の腕だ。ためらいなく晶水は手を伸ばした。手首が摑《つか》まれる。引きあげられる。海中から水面を見るような、淡いきらめきが目の奥を射る。晶水の意識が、音をたてて浮上した。

はっと眼を覚ます。

天井の木目が見えた。そこはもう、山江家の寝間だった。

のろのろと晶水は体を起こした。千代はすでに敷布団に横座りになっている。彼女はすこし眉根を寄せて、

「……この家では、無理みたいね」

とため息をついた。

つられて晶水も吐息をつく。

「だめでしたか」

「ええ。おそらく、もっと近くにいないと受信でけへんのかもしらんわね。アキちゃんの授業中に近づいているということは、生徒か、それとも教師かしら」

老女はかぶりを振って、

「でもどちらにしろ、三度目はないほうがええわ。話を聞く限り、不穏な夢であることは間違いないんやし……これ以上はきっと、アキちゃんの精神《こころ》に負担ですから」

と伏し目がちに言った。

5

「山江、また神林さんといっしょだ」

行儀わるく、箸《はし》先で美舟が後ろの席をついと指す。

時刻は昼休みだった。晶水はいつものように美舟と雛乃と机を合わせ、三人で弁当を食べていた。

美舟の弁当は老舗《しにせ》の定食屋である実家『わく井』の、ひじき煮や出汁《だし》巻《ま》きたまごが詰められた豪華版だ。その向かいに座る雛乃は購買の菓子パンにヨーグルトで、晶水は父の弁当の残りを適当に詰めたものである。

父に付きあっていると毎日同じメニューにしかならないのだが、朝は時間がないのでしょうがない。

とっくに飽き飽きしたおかずを砂のように噛みしめていると、美舟がさらに味を失《な》くさせるような話題を振ってくる。

「神林さん、最近ほんとに押せ押せだよねえ。こないだも調理実習でつくったマドレーヌ、わざわざA組まで渡しに行ってたらしいよ。可愛い顔して、意外と猛禽《もうきん》タイプだね」

た。


「なにそれ」

「狙った獲物は逃さないってことよ」

「へえ」

　短く晶水は相槌《あいづち》を打った。

　べつだん、そんな情報は必要としていない。しかしわざわざ言いかえすのもどうかと思った。

　調理実習の差し入れなんて古典的だね、だとか、その話わたしになにか関係あるの、だとか、いろいろ浮かんでくる言葉はある。だが、すべていっしょくたにして飲みこんだ。烏龍《ウーロン》茶《ちゃ》で、白飯とともに強引に流しこんでしまう。

　話題をそらそうと、窓の外を見やった。

「――ね、あそこの更地って、前はなにが建ってたんだっけ」

　ずっと考えてたんだけど思いだせないんだよね、と晶水が言うと、

「確か空き家だったと思う」

　と雛乃が即答した。

　美舟も首を縦にして、

「ああ、三丁目の空き家ね。あそこ放火されて、全焼しちゃったんだってさ」

と言った。

思わず晶水は息を飲んだ。

美舟が言葉を継ぐ。

「物騒だよね。でもラッキーなことに風がない日で、延焼被害も怪我人もなかったってさ。角地だったのもさいわいしたんじゃないかな」

「それにしても空き家って、増えたよね」

雛乃はチョココロネの先端にかじりついて、

「このへんみたいな田舎だけじゃなくて、全国的に問題になってるらしいよ。更地にするとかえって固定資産税が高くなるから、親が亡くなったあとも子供たちに放置されがちなんだって。ゴミの不法投棄場にされたり、雑草が伸びて虫が大量発生したりするんで行政側も困ってるんだけど、個人の財産だからなかなか手が出せないみたい」

美舟が肩をすくめた。

「放火でもされない限り、撤去もできないってわけか。皮肉な話だね」

晶水は口をひらいた。

「ねえ、トシ」

「ん？」

「あの、この近くで、ちいさな女の子がいる一家が火事に遭った事件ってなかったかな。ううん、近くでなくてもいいんだけど、なんていうか……」

すくなくとも、この学校に通える人の生活圏内で類似した事件がなかっただろうか、とつっかえつっかえ晶水は問うた。

どうにもうまい言葉が見つからない。それに、どう質問したらいいかもよくわからなかった。

美舟が首を傾げる。

「さあ、どうだろ。でも最近、放火ってあちこちで起こってるらしいよ」

「うん。連続放火事件の続報がどうのって、今朝も朝刊で見た」

と雛乃も同意した。

そういえば晶水も父の世話をしながらだが、そんなニュースを耳にした記憶がおぼろげにある。

——ということは、けっしてめずらしい話じゃないのか。

晶水は内心で舌打ちした。

しかし空き家ならまだしも、一家三人が住んでいる家が放火で全焼となれば大ニュースになるはずだ。しかも晶水が視たのはただの火ではなかった。殴《なぐ》られて倒れた人影や、血まみれの腕が重なって視えたのだ。ぜったいに、ただの火事などではないはずであった。

そのとき、視界の隅に動くものが見えた。

顔をあげる。山江壱だ。なぜか真面目な顔つきで、廊下をまっすぐに駆けてくる。彼はいつもの窓で足を止め、首を伸ばして、

「石川、どうしたの」

と早口で言った。晶水がきょとんとする。

「え……どうしたって、なにが」

「顔いろ悪い」

即答だった。

咄嗟《とっさ》に晶水は返事に詰まった。

口ごもる彼女を見て、業を煮やしたように壱が肩を摑む。「ちょっと来て」とやや強引にうながし、晶水を立ちあがらせると廊下へ連れだした。

「例の夢だろ？　またなにか、視たのかよ」

真顔を崩さず壱が言う。

「ううん」

晶水は首を振った。

わずかに痛むこめかみを、指で押さえる。

「ただ……ただずっと、気になってるだけ。ついそればっかり考えちゃうっていうか」

数秒、じっと壱は彼女の顔を見つめていた。

やがて決然と、「わかった」と言った。

「次の授業、さぼろうぜ」

「えっ」

晶水が思わず固まる。

壱は苛立たしげに言葉を継いだ。

「一時間くらいいいだろ。石川、頭いいから余裕じゃん。ばあちゃんはだめだったけど、校内でならおれでもなにか視えるかもしれない」

いつもの彼にはそぐわぬ口調だった。切羽詰まった顔つきも眼のいろも、真剣そのものだ。

いまだ腕を摑んだ力は強く、痛いくらいだった。

「……うん」

なかば気圧《けお》されるように、晶水はこくりとうなずいた。

昼休み明けの五限目は、壱のいるA組がオーラル、晶水のC組が古典文学だった。

「オーラルさぼると目立つんじゃないの」

と晶水は言ったが、壱は取りあう様子もなく彼女の手を引き、ぐんぐんと廊下を突っきった。向かった先は、むろん北校舎だ。

「なるべく条件を同じにしたいから」と、一年生の教室があるのと同じ四階を選び、床の埃《ほこり》をはらって腰をおろす。

並んで座り、壁に背をつけるようにしてもたれかかった。鉄筋校舎のコンクリートが、シャツ越しにもひんやりと冷たい。

「ん」

当然のように壱が手を差しだしてきた。

ためらわず、晶水も握りかえす。

目を閉じた。

視界が暗くなる。まぶたの裏に、ちらちらと光の線が走る。

だがそれも、ほんのわずかな間だった。なかば意図的に、晶水は意識を深く深く沈めていった。

奇妙な感覚だった。

晶水は半覚醒状態にあった。

手足は動かない。だが頭のどこか一点が覚めている。

夢は、みなかった。ただ暗い。どこまでも仄暗《ほのぐら》い。思わず立ちすくんだとき、眼前にフラッシュバックのように映像がたてつづけに疾った。

——ああ、あの子だ。

例の少女の笑顔が閃《ひらめ》く。白い花。木々の緑。赤い三輪車に、誕生日のケーキ。その蠟燭がふと揺らいだかと思うと、ごおっと音をたてて大きな火柱が立った。

晶水は息を飲んだ。

燃えている。いや、焦げている。きなくさい臭い。熱。痛み。悲鳴。鮮血が飛び散り、壁にいくつも赤黒い染みをつくる。

「石川！」

壱の声がした。

おりてくる腕に、晶水はしがみついた。

早く引きあげて。そう思った。いやだ、いやだ。もうここにはいたくない。だって、伝わってくる。どこの誰ともわからない、強い苦痛と悲しみ。水に紙を浸すように、こちらの心にまで沁みこんでくる。

声をあげて、はね起きた。

慌てて隣を見る。

壱も、額に汗を浮かべていた。心なしか、顔いろが白っぽい。

おそるおそる、晶水は問うた。

「……視た？」

「視た」

壱がうなずく。手の甲で汗をぬぐって、

「石川の言うとおりだ。あれ、他人の夢の断片だな。いや夢半分、記憶半分の――なんて言ったらいいんだろ。えーとたぶん、〝無意識の追体験〟とかってやつだと思う」

とつぶやいた。

ふたりの背後で、日焼けしたカーテンが風に揺れる。どこからか子供の笑い声と、犬の吠《ほ》え声が聞こえてくる。

「それはそうとして、あの女の子が誰かわかったよ」

気を取りなおしたように壱が笑った。

晶水が目をまるくする。

「うそ」

「ほんとほんと。おれ、視力いいのだけが自慢なんだよな」

にっと歯を見せて笑う。

「あの女の子、右の瞳に比べて左の瞳の色が薄かった。いまは眼鏡してっからわかりにくいけど、間違いないよ。それから右の頬に、ほくろがあった」

その言葉を受けて、晶水の脳味噌がようやく回転しだす。眼鏡。頬のほくろ。そして、もちろん女性。

「――あ」

口をあけた。

「もしかして、美術の小日向《こひなた》先生？」

壱はにやっとして、

「放課後、美術準備室に寄ってみようぜ」

と言った。

6

「で、なにを答えたらいいの？」

と、小日向真雪《まゆき》教諭は椅子をくるりとまわしてふたりに向きなおった。

小日向は赤いフレームの眼鏡が似合う、四十代なかばの美術教師だ。あっけらかんとした性格で、男女問わず人気がある。

鐙田東高校の芸術選択は美術、音楽、書道の三種だ。そのうち美術を選択する生徒がやたらに多いのは、小日向人気のゆえだというのが生徒間の通説であった。

——でも、確かに言われてみればあの子の面影がある。

そう晶水は内心でひそかにつぶやいた。

ふっくらしていた頰は削げ、目つきにはやや険が出たようだ。が、それでも彼女はいまなおなかなかの美人であった。石膏《せっこう》の胸像を背景に脚を高だかと組んだ姿は、貫禄さえ感じさせた。

壱がびしっと直立不動の姿勢で、

「すんません。現社の課題なんす。テーマは『昭和の暮らしについて』。まわりの複数の大人から証言を集めて、レポートを最低三枚書くってやつで」

と、しれっと大嘘を並べたてる。

「ショウワのクラシ、かあ。年寄り扱いしてくれるね」

小日向は苦笑して、

「ま、いいや。そんじゃ三十年くらい前のことを話せばいいのかな、あたしがえーと、小学生くらいの頃の」

と言った。

「いや、もうちょい前で。できれば先生が三歳から五歳くらいの間のお話を」

壱が目を細める。

「そんな石器時代のこと、さすがに覚えてやしないよ」

彼女は笑って手を振った。

だが律儀にいちおう考えこんで、

「そうだなあ。うちらの幼稚園児の頃の思い出っていうと……ああ、あれだ、『ママレンジ』かな」

と膝を叩いた。

「いまの若いもんは知らないだろ。でもあたしらが子供のとき、すっごく流行《はや》ったんだよ。子供用の電気コンロでね、付属のフライパンでホットケーキやたまご焼きが焼けるんだ。クリスマスプレゼントに買ってくれって駄目もとでねだったら、母には高いからだめだって断られたけど、父が『一年に一度なんだからいいじゃないか』って、ポケットマネーで買ってくれたのよ。うわ、なつかしいなあ」

言葉を紡ぎながら、彼女は遠い目になった。

おずおずと晶水が口をはさむ。

「あの、ご両親ってご健在なんですか」

「え？　ああ、健在も健在。ふたりともぴんぴんしてるよ」

即座に小日向は請け合った。

「あたしが中学生のとき離婚したんで、そっからは別べつに暮らしてるけどね。いまは父も母も仕事をリタイアして、年金で悠々自適の生活よ。あたしゃそれまでなーんにも波風ない人生送ってたもんで、いきなり親に離婚って言われたときはたまげたけどさ。いや、そういえば離婚がめずらしくなくなったのも、あの時代あたりからだったかもしれないね」

「波風ない人生……ですか」

つい声を落とした晶水に、

「ないない。親の離婚のごたごたを越えたら、その後もまたなーんもない生活だったしね。なさすぎて、この歳でいまだに独身よ。まあ公務員で安定してるから、べつに困っちゃいないけど」

と、小日向はからから豪快に笑う。

「ああごめん、話がそれちゃったね。ええと、そう、ママレンジが流行ってたんだ。あとはテレビの地上波で、よくアメリカドラマをやってたっけ。あの頃あたしは『バイオニック・

ジェミー』が好きでね。スタスキー&ハッチやコロンボは、親が好きでよく観てたかな。いや、こうして思いだしてみると、意外と覚えてるもんだねえ」

その後も三十分にわたって、小日向はこころよく昔ばなしを聞かせてくれた。

晶水は音楽を選択しているため、彼女としゃべるのはほとんどはじめてに近かった。だがいまになって「しまった、美術にしとけばよかったか」とほぞを嚙むほどに、小日向は快活で話しやすい教師だった。

最後の最後に、

「ありがとうございました」

と壱が手を差しだす。

「いいのよ」と、小日向はなんの抵抗もなく、彼と別れの握手をかわした。

美術準備室を出てすぐ、

「違うな」

手を振って、低く壱がつぶやいた。

「小日向先生じゃない。確かにあの女の子ではあったけど、あれは先生の夢じゃない」

「じゃあ、誰？」

晶水も声をひそめる。

あれは複数人ではなかった。それは確かだ。彼女の中に流れこんできた意識は、間違いなくひとりきりのものであった。

「先生は両親とも健在だって言ってたよね。波風ない人生だった、とも言ってた」

「ああ」

「すくなくとも夢の前半にいたのは家族の三人だけで、ほかには誰もいなかったはず。じゃあいったい、誰があの光景を〝見て〟いたの？」

果たしてどこの誰なのか。そしてなぜ晶水の夢に混じりこんできたのか。あの火と血の記憶は彼ら一家と、そしてなんの事件と結びつくというのか。

なにもかも、わからないことだらけだった。


「なるほど。ややこしいことになってますのね」

湯呑《ゆのみ》を口から離して、千代がほうっと吐息をついた。

「女の子の正体はわかった。けれど肝心の夢が誰のものなのかは、いまだわからずじまい、と」

「そうなんです」

晶水はうなずいた。

場所は山江家の二階だ。木々の葉を透かした秋の陽射しが、窓からななめに射しこんでいる。

畳敷きの純和室だが、籐製の座椅子や簞笥、真鍮《しんちゅう》の二灯式のシャンデリアなどが、室内に和洋折衷《せっちゅう》の不思議な空気をつくりだしていた。

晶水も湯呑を置いて、

「小日向先生が言うには『親の離婚が人生最大の事件』だそうで、あとは平和そのものだったらしいんです。二十年以上運転してもいまだにゴールド免許だし、彼氏と修羅場になったこともないし、軽犯罪にも無縁。女だから立ちションもしないしね、なんて笑ってました」

言い終えた瞬間、しまった、と晶水は後悔した。聞いたままの口伝えとはいえ、千代さんの前で下品な言葉をつかってしまった。

しかし老女は聞こえないふりで、

「じゃあ例の剣呑《けんのん》な映像は、先生の見たものではないわけね」

とさらりと受け流した。

心もち小首を傾げて、

「ところで先生のご両親が、離婚したあとどうなったかは聞かはった？」

「はい、すこしだけ。小日向先生の親権と養育権はおかあさんが獲ったそうで、以後はふたりでアパート暮らしだったそうです。おとうさんは会社に近い隣市に引っ越して、成人するまでは一箇月に一度、父子だけで会う決まりだったとか」

「面会権てやつかしらね。成人まできちんきちんと会《お》うてたんなら、きっとええおとうさんなんやわ。養育費も滞りなく払《はろ》うてたんやろね」

合点したように、ひとりでうんうんと首肯した。

ふいに首を曲げ、孫のほうを向く。

「イチ、こっち来て」

なんで、とは孫息子は聞かなかった。膝立ちになり、おとなしく祖母のもとへにじり寄る。

その額へ、千代がかるく手をのせた。

数秒、彼女は目を閉じていた。

やがてまぶたがあがる。孫そっくりの、虹彩の大きな瞳が晶水をとらえた。

「なにか、わかりましたか」

晶水がそっと問いかける。

千代は微笑して、

「まあ待って。お茶をいただいてからね」

とふたたび湯呑を取りあげた。ひとくちふたくちと唇を湿らせて、

「ほな、行きましょか」

と唐突に立ちあがる。

晶水は目をぱちくりさせた。咄嗟に反応ができない。座ったままの姿勢で、啞然《あぜん》と老女を見あげた。

「行くって、え、どこへです？」

「ごめんね。わたしはどうも学がなくて、口で説明するのがうまくないよって」

千代は眉をさげて笑い、孫息子にも立つよううながすと、

「——行ったほうが、早いわ」

と告げた。


閑静な住宅街が、宵の薄闇に沈んでいた。

どの家も手入れのいい庭に緑を茂らせている。きれいに刈りこまれた生垣。ブロック塀にホルダーで吊りさげられた、色とりどりの鉢植え。だが全体に古びて、新築の家は見あたらなかった。

一軒一軒確かめるようにして、千代が指さしながら小路を歩いていく。晶水と壱は、自然

とその後ろにつくかたちになった。

亜麻草履《ぞうり》の足がふと止まった。

やや高い煉瓦《れんが》塀に囲まれた家があった。築三十年は経っているだろうか、オーソドックスな二階家だ。門扉はない。

千代はためらいなく歩をすすめ、無造作に敷地へと踏み入った。

「あの、いいんですか」

背中に、晶水は声をかけた。しかし老女は振りむきもしない。壱と顔を見あわせ、しかたなしにあとを追った。

表札を見あげて、彼女ははっとした。天然石に明朝体で『小日向』の三文字が彫られていた。

千代が玄関戸のノブにハンカチをかけ、手をのせる。まさか、と思ったときにはすでにドアはひらいていた。

呆然《ぼうぜん》とする晶水に、

「ばあちゃんがなにかしたわけじゃねえよ、ほら」

と壱がささやく。

目線を落とす。と、鍵がこじあけられているのがわかった。誰かがとうに先に、不法侵入をはかっていたらしい。それもひどく乱暴なやりかたでだ。

壱がドアを開けはなつ。三和土《たたき》も上がり框《かまち》も、泥だらけだった。靴跡がくっきり見える。何十人もが土足であがりこんだ跡だった。

千代に先導され、廊下を小走りにすすむ。

居間に入って、晶水はぎょっとした。

家具はいっさいがっさい引きはらわれている。残っているのは造りつけの家具や、システムキッチン等の動かせない設備だけだった。だが、そのすべてが破壊されていた。

蛍光灯が割られている。家具は蹴り壊され、壁に穴があき、すさまじい暴力が吹き荒れた形跡がまざまざと残っている。

室内はいちめん、スプレーで落書きされていた。床はガラス壜《びん》の破片と、煙草《タバコ》の吸い殻だらけだ。それだけではない。大小さまざまな血の染みがいたるところに散っている。一部が真っ黒に焼け焦げている。焦げ跡は、壁にまで及んでいた。

なんともいえぬ悪臭が充満していた。アルコールと煙草と、血と嘔吐《おうと》物とが混ざりあった臭いだ。饐えて、つんと鼻をつく。

間違いない、ここだ、と晶水は確信した。

ここが例の惨劇の現場だ。焦げ跡のかたちに見覚えがある。確かあの床の隅に、血まみれの腕が横たわっていたはずだ。

千代がため息まじりに、

「聞いたことあれへんかしら。近年どんどん空き家が増えて、全国どこの自治体でも困り果てているそうよ」

と言った。

「懸念されているのは、老朽化による倒壊の危険性だけではないの。ホームレスが入りこんだり、不良がたまり場にしたりと、治安に関する不安も大きいのんね。この市内でも最近、ようけそんな話を耳にするようになりました。新聞にも何度か、大きく載っていたようね」

苦い声音だった。

「わたしが聞いた噂はこう。たちの悪い不良グループがあってね、そいつらは空き家を転々と根城にするらしいの。そこで煙草を吸う、お酒を飲むはもちろんとして、路上からさらってきた女の子を連れこんで乱暴したり、はたまたリンチの現場にもつかうらしいのよ」

ひどいわね、と老女は優美に眉をひそめた。

つと彼女が振りかえり、晶水の手をとる。導かれるがままに、少女はそっと柱に掌をあてた。

その瞬間、晶水の体が大きく跳ねた。

意識が、感情が、どっと雪崩れこんでくる。受けとめきれないほどに溢《あふ》れ、体の中で激しく渦を巻く。

慌てて手をもぎ離した。だがまだ、身の内でなにかがざわめいていた。足がすくむ。指さきが震える。

ようやく晶水は理解した。

――この「家」だ。

夢のかけら。モザイク状の映像。

あれは、この屋敷がみていた〝夢〟だった。

壱が言っていた、無意識の追体験――いや、記憶の反芻《はんすう》か。

昔はここに、一家が仲良く住んでいた。喜びと笑顔で満ちていた。だから「家」も幸せだった。まめに手入れされ、大事にされていた。柱に刻まれた、娘の背丈の記録さえもが幸福の証であった。

なのにある日突然、彼らはいなくなった。「家」だけをここに残して。なぜいなくなったのか、「家」にはわからなかった。

どうして自分を置いていったのか、彼らはどこに行ったのか。あの可愛い子は、もう自分が必要ではなくなったのか。

だから「家」は眠った。

彼らを待ちながら、三十年近くもの間、昏々《こんこん》と休み、眠りつづけた。

だがその眠りを突如として覚ます闖入者があらわれた。暴漢は「家」を無理やり夢から引き戻しただけでなく、幸福だった記憶を血と暴力で塗りつぶした。

——血。火。焦げる。焼ける。

「家」は悲鳴をあげた。

このままではだめになる。自分が燃えたなら、あの子が帰ってこれなくなる。あの子が戻るのをいまも待っているのに、与えられる場所がなくなってしまう。

「家」は傷つき、戸惑った。

なぜこんな目に遭うのかわからなかった。その混乱した悲しみは十数メートル先の校舎まで疾り、夢うつつの少女と同調《シンクロ》した。

なかば無意識に、晶水は頰をぬぐった。

指先が濡れていた。ぎょっと目を見ひらく。

自分が泣いていることに、そのとき晶水ははじめて気づいた。

涙はなかなか止まってくれなかった。泣いているのが自分なのか、まだ中に居残る意識のかけらなのかわからない。溶けあって、判然としない。

喉の奥が、熱い小石でぐっと詰まる。胸が痛い。息ができない。

「――やさしいのね、アキちゃん」

千代がささやいた。

「やさしいからこそ、きっとこの屋敷と同調したんやね。想いというのは、受けとめきれる器を意図せずとも求めるものですから」

焦げた壁に、老女がそっと掌をあてる。

「日本には古来から、付喪神《つくもがみ》という概念がありますの。無機物でも年月を経て古くなると、想いを持つようになるのんよ。人の暮らしに長いこと寄り添ってきた古屋なら、なおさらでしょうね」

晶水は千代をぼんやりと見やった。

手の甲で、いま一度頬をぬぐう。

ふと、背後から視線を感じた。振りかえると、真正面から壱と目が合った。

「……見ないでよ」

眉が勝手に八の字になった。

気恥ずかしさが襲ってくる。目のふちが熱くなる。

だが壱は肩をすくめて、

「いいじゃん、どうせおれとばあちゃんしかいないよ」

と言った。

「それにおれ、とっくに知ってるもん。石川はいいやつだって」

「べつに——そんなんじゃない」

晶水がつぶやく。

そう、これはそんなんじゃない。波長を拾ったのは偶然だ。解明したいと思ったのだって、自分の都合だ。それにすべてがわかったところで、わたしはなにもできない。この家のために、なにひとつしてあげられない。

静かに壱が言った。

「おれ、石川のそういうとこ好きだよ」

7

最近巷《ちまた》を騒がせていた連続空き家放火事件が解決したのは、それから数日後のことであった。

捕まったのは主犯の二十二歳無職の男が率いる、六人組の不良グループだった。うち四人

は未成年で実名報道はされなかったが、噂はまたたく間に駆けめぐり、

「あそこの息子さんが」

「そういえば、高校中退してから昼間見かけなかったものねえ」

と翌日には近所で知らぬ者がないまでに広まってしまったそうだ。

彼らの手口はこうだ。

まず目をつけた空き家の鍵をこじあけ、しばらくの間そこを根城とする。ただ溜《た》まり場にするだけではなく、婦女暴行、リンチ、大麻の売買、売春の斡旋までこなしていたらしい。

そうして足がつきそうになると、空き家に火を放って証拠隠滅をはかるところまでがお決まりのやり口であった。

彼らは十箇所近くの空き家を転々としていた。

携帯電話というツールさえあれば、買春の客にも大麻の取引にも困ることはなかった。フリーメールとパスワードつき掲示板とSNSとを駆使して、彼らは警察の目と手をかいくぐりつづけた。

だが最期は、ひどくあっさりとしたものだった。

「やつらの現在の溜まり場はこの家です」

と、県警に匿名で通報があったのだ。

その具体的な通報内容に捜査側も確かな情報だとみて、日の高いうちから張りこみを開始した。午後十一時過ぎに全員が集まったところを、まずは麻薬取締法で一網打尽に取りおさえたという。

今後は各人の供述内容と照らしあわせつつ、連続放火事件及び暴行事件について、余罪を追及していく方針だと県警は公式に発表した。


報せを受けた小日向真雪は、そうとうに驚いたようだ。

「びっくりしたわあ。ニュースにも映ってたあの家、じつはあたしの名義なのよ。親が定年でリタイアしたとき、生前贈与でもらったの。離婚前の生活を思いだしたくなくて、なんとなく近寄れないでいたんだけど……、まさか犯罪現場につかわれてたとはね」

首をすくめて、

「反省した。これからは、ちゃんと定期的に見に行くことにするわ」

とかるく両手をあげた。

「学校からも近いし、いっそ住んじゃえばいいじゃないすか」

と、立ち入ったことをずけずけと壱が言う。

彼の隣のパイプ椅子には晶水が座っていた。場所は美術準備室だ。ふたりは小日向が抽斗に隠しておいた私物のチョコレートを、こっそりご相伴にあずかっている最中であった。

小日向は気をわるくした様子もなく、

「うん。ボーナスが入ったら内装もきれいにして、いつでも住めるようにするつもり。ま、この歳でもう結婚もないだろうけど、もし次の見合いがうまくいったら、新居にしちゃったりしてね」

と笑って言った。

「いやいや、先生キレーなんだから、どしどし見合いしたほうがいいっすよ。そのうち先生に釣りあうレベルの男だって出てくると思うし」

「んー、ほんと山江は巧いなあ」

うい奴うい奴、と小日向が目を細め、壱の頭をぐりぐり撫《な》でる。

「その身長と小猿みたいな見た目で、だいぶ損してるよね。中身はなかなかいい男だと思うんだけどな。成績悪いけど馬鹿じゃないし、ちゃんと気づかいできるし」

「だいじょぶっす。こう見えてもおれ、けっこーモテるんで」

「ああ、そうみたいね」

ちらりと小日向が晶水を見やる。

あやうくトリュフチョコレートが喉につかえそうになり、慌てて晶水はマグカップのコーヒーを飲みこんだ。ちなみにこのコーヒーとポットも、小日向が勝手に持ちこんでいる私物だそうだ。

美術準備室を出てすぐに、壱が言う。

「石川、おれちょっくらバスケ部寄って帰る。また試合の助っ人頼まれちゃってさ、さすがにぶっつけ本番じゃやばいんで、連係プレイの合わせやっとかないと」

「ん、わかった」

「ごめんな。いっしょに帰れなくて」

「いや、約束した覚えいっぺんもないし」

冷たく即答する晶水を意にも介さず、「んじゃーな」と手を振って、壱は長い廊下を駆けていった。

だがふたりが顔をふたたび合わせたのは、わずか二十分後だった。

「あれ、なんで石川がいんの」

壱が目をまるくする。

場所は鐙田東高校の第一体育館だ。まさに部活動まっさかりの時刻で、館内はバスケ、バレー、卓球と、屋内球技の部活にそれぞれのコートを占領されている。

ジャージ姿の壱が頭をぽりぽり掻いて、

「えと、これからバスケの練習だけど……いいの？」

と言う。なにを念押しされたのか、意味はすぐにわかった。

「いいの」

短く晶水は答えた。

「ま、どうせいつかは後輩たちの試合観に行ってやんなきゃいけないしね。女子の練習観てるとどうしても動きたくなっちゃうから、まずは男子のを観てリハビリしようと思って」

そうか、と納得したように壱がうなずく。

しばしの間、柔軟運動をするように彼は手首をこねまわしていた。が、やがて意を決したように顔をあげて、

「あのさ、いっこ訊いていい」

と言った。

「……石川、涌井のこと怒ってんの？」

「はあ？」

晶水がぽかんとする。

「意味わかんない。なんでわたしがトシに怒るの」

「いや、だって後輩に会いに行ってること、黙ってたみたいだったからさ。あんとき石川、ショック受けてたじゃん」

「ああ、あれは」

ばつが悪そうに、晶水は顔をしかめた。

「べつに……怒ったんじゃないよ。むしろ逆。むかついたことはむかついたけど、それはトシに対してじゃなくて」

言いよどんでから、吐き出すように一気に言った。

「自分にむかついたの。トシにいらない気ぃつかわせて、おまけにいままでぜんぜん気づかなかった自分に腹が立っただけ。そんだけ」

数秒、間があった。

「なんだ、そうだったんだ」

胸を撫でおろし、壱がはあーっとため息をつく。

「よかったー、すげえほっとした」

「なんで山江がほっとすんの」

「だって石川と涌井が喧嘩すんの見たくなかったんだもん。ふたり、すげえ仲いいじゃん。それに美人同士が仲たがいすんのって、なんかもったいないっていうか、男の夢が壊れるっていうか」

「……よくわかんないけど、わたしとトシは喧嘩したことないよ」

呆れたように晶水は言った。

壱が目を見ひらく。

「ないの？　いっぺんも？」

「うん。一回もない」

とうなずいた。

理由はわかっている。美舟のほうが大人だからだ。認めたくはないが、精神年齢でたぶん二、三歳は負けていると思う。

一見表情にとぼしいが内実は短気ですぐむきになる晶水と違い、美舟はいたって淡白で鷹揚だった。長年付きあっているが、いまだにどこか捉えどころがない。

「おいイチ、いつまでさぼってんだ！」

コートから叱責が響いた。

顔を向けると、三年の葛城《かつらぎ》がセンターサークルで仁王立ちしていた。

他の部ではそろそろ三年生が引退しはじめる頃だが、男子バスケ部は来たるウインターカップ予選に向けて大張り切りらしい。

「さっす、すんません！」

壱がびしっと頭をさげた。

コートに駆け戻った壱に、二階のギャラリー席から歓声があがる。

「山江くん、がんばってー！」

「おー、ありがと」

どうやら休憩中の女子バレー部らしい。声援を送った女子の中には、当然のごとく神林の姿も見えた。

心なしか視線を感じる。

だがあえてそちらのほうは向かず、晶水は板張りの壁にもたれかかった。

なかばあいた窓の向こうには藪が茂り、蚊柱《かばしら》がわんわんと唸っている。夏の名残《なご》りのような羽音が、じきに生徒たちの声にかき消されていった。

第二話　水に朱いろ

1

水面に月が浮かんでいた。

触れたらしんと冷えそうな、凍えた気配をたたえている。清かに仄白い輝きは、かそけき光、などという文学的な表現をごく自然と彼に思いださせた。

彼は水盆の前にいた。

以前に異国へ旅行したとき、ホテルの玄関で見たたぐいの水盆だ。銅製で、水は毎朝きれいな汲《く》みあげの清水に換えられ、あざやかな原色の花ばなが浮かべられていた。その銅盆が、なぜかいま眼前にあった。

空を見あげる。世界は夜だった。

薄墨を流したような雲にいちめん覆われ、星は見えない。だが月は出ているはずだった。だってほら、水盆にこんなにもはっきり映っているじゃないか——。

その月が、ふと揺らめいた。

水面に波はない。風が吹いたわけでもなかった。だが、ゆらゆらゆら、と陽炎《かげろう》のように揺れたかと思うと、表面にわずかな亀裂が走った。

亀裂はほんのりと赤かった。

血の紅を透かした、あえかな赤だ。思わず触れてみたくなるような色あいだった。だから彼は、手を伸ばした。

指さきが、ふとやわらかいものに触れた。指が沈む。頼りないやわらかさだが、弾力がある。

唐突に彼は悟った。これは唇だ。女の唇である。

それと察した刹那《せつな》、また月が大きく揺らめいて、女の白い貌《かお》に変わった。

水面いっぱいに浮かんだ女の顔は、笑んではいなかった。

ふたつの眼が彼を見つめている。

が、媚《こ》びるようではない。むしろ冷たかった。双眸《そうぼう》は冬の空気のごとく、透きとおって冴《さ》え冴《ざ》えと澄んでいた。

輪郭はたまご形で、目の下にかすかなそばかすが散っている。目鼻立ちはちまちまと雛《ひな》人形のように小づくりだ。目を奪われるほどの美人ではなかった。だが突きはなしたような無表情が、彼女に一種異様な美しさを与えていた。

張りつめたような、ぎりぎりのあやうい美だった。

彼は振りかえった。

背後に女の姿を探す。しかし、まわりに人影はなかった。彼を包むのはただ、深く濃い宵闇だけであった。

彼は目を戻した。

銅盆の中に、もう女の顔はなかった。ただおだやかに凪《な》いだ水面に、黄や赤の花びらが浮かんでいるだけだった。

衝動的に、彼は盆の縁を摑んだ。

腕を一閃《いっせん》させる。水盆がひるがえり、音をたててタイル張りの床へ落ちる。冷たい飛沫《しぶき》がかかり、彼は思わず顔をしかめて目を閉じた。

まぶたをあげる。

と、景色が一変していた。

彼は湖のほとりに座っていた。メッシュ張りの折りたたみチェアに、深く腰かけている。なまぬるい風が頰を撫でた。初秋の香りと、遠い雨の匂いがした。

腰に違和感を覚え、彼はジーンズの尻ポケットを探った。

ポケットに入っていたのは銀のスキットルだった。ウイスキーやウォトカなど、強い酒を入れて持ち運ぶ金属製の水筒だ。中身は入っていないのか、軽い。振っても手ごたえはほとんどなかった。

彼はスキットルを逆さにして、いま一度振った。

飲み口から、琥珀《こはく》いろの雫《しずく》が一滴、二滴と落ちる。

涙形の雫が、やけに大きく映った。地面に落ちる瞬間、ふと膨れあがったかと思うと、薄い琥珀の中に仄白い頬が閃いた。

——あの女だ。

慌てて彼は身をのりだし、手を伸ばした。

しかし指の間をすり抜けて、雫は落ちた。吸いこまれるように、またたく間に地面へ沁みこんでいく。

彼はチェアをおり、四つんばいになった。湿った土を手探る。が、女の残り香はとうに消え失せていた。

顔をあげる。彼は湖へ走った。

長い葦《あし》の茂るほとりにしゃがみこみ、急いで水を手ですくった。

両の掌でつくった、ちいさな池が揺らめく。揺れが凪ぐ——と同時に、水面に女の顔が浮かんだ。ほっと彼は安堵した。

だがそれもいっときだった。

見る間に水は指の隙間《すきま》からこぼれてしまった。雫とともに、女も消えた。

彼はふたたび湖面へかがんだ。両掌を皿にし、幾度も水をすくった。しかし詮《せん》ないことだった。すくってもすくっても、水はあえなくしたたり落ちていった。

彼は首をめぐらせた。

古いボートが、岸辺になかば乗りあげているのが見えた。

手漕ぎボートだ。薄汚れて古く、まるで打ち捨てられたような風情だった。底は泥まみれで、もう何年もつかっていないかに見える。

立ちあがり、彼は船尾板に手をかけた。渾身の力で、湖面まで押していく。ボートに乗った経験はなかった。しかし足をすこしあげただけで、かんたんに乗りこむことができた。

オールをつかい、漕ぎだした。

岸がすこしずつ遠くなる。いつの間にか夜が明けている。いい天気だ。風が心地いい。どこまでも漕いでいけそうな気さえする。

手を止めた。

岸はもうずいぶん遠い。はるか向こうに、紅葉した山々が見える。オールを手ばなし、彼はボートから身をのりだした。湖面を覗きこむ。

鏡のような碧《あお》い水面に、女の顔が見えた。

やはり表情はない。彼をただじっと見ている。思いつめたような眼だ。彼は女の想いを感じた。万感の想いをたたえてなお、揺るぎない静かな瞳だった。

両腕を女に差しのべた。

そのまま彼は、ゆっくりと湖に落ちていった。

冷たい。息ができない。苦しい。

だが不思議と後悔はなかった。やわらかな水が全身を包んでいた。

彼女の存在を感じた。視線がまだ突き刺さる。痛いほどの凝視だ。しかし、その痛みすらこころよかった。

視線を浴びながら、彼はどこまでもどこまでも、深いところへと落下していった。

2

「さっきの騒ぎな、石川がホームラン打ったせいらしいぞ」

崇史の言葉に、壱が顔をあげた。

「え？　なにそれ」

お昼どきでもないのに、購買のハムカツサンドをもごもごと咀嚼《そしやく》している。

自称育ちざかりの彼は暇さえあればなにか口に入れていた。ちなみにこれは彼が助っ人として先週の試合に貢献した、バドミントン部からの献上品である。

崇史が肩をすくめた。

「C組とD組女子の、体育の授業がソフトボールだったんだと。そんで石川が、第二打席でかっきーんと文句なしの大ホームラン。しかも投手はソフト部の杉井。もうD組の女子が、色めきたっちゃって大変よ」

「うわ、杉井かわいそ。ショックだろうな」

拓実が苦笑した。

崇史がかぶりを振って、

「いやあ、それが」

「なになに？」

壱がさらに食いつく。

「さすがに打たれた直後はがっくり落ちこんでたらしいぜ。けどホーム踏んで戻ってきた石川に『球速いね。打ち負けたかと思った』ってにっこりされて、その瞬間に目がハート形だとさ」

「鞍中のタカラヅカ伝説を、高校でもやらかすか。やるなあ石川。卒業までにいったい何人の女子を落とす気だろ」

拓実が笑った。

「そりゃもちろん来年、下級生が入ってきてからが本番だろ」

「一年女子か、いいなあ。おれいまのうちに石川と親しくなって、おこぼれ分けてもらおうかな」

「えーだめだめ。親しくなんのはだめ」

慌てて壱が割って入る。

崇史が顔をしかめた。

「なんでだよ、アナルのちいせえ野郎だな」

「なんとでも言えよー。だめったらだめ。女子が石川にきゃーきゃー言うのは許すけど、男はだめ。男は却下」

と腕を振りまわして騒ぐ壱を無視して、拓実が窓の外に目をやった。

「あっ、石川だ」

「え、どこどこ？」

瞬時に壱が窓際にかぶりつく。

見おろすと、晶水が一階の屋根つき渡り通路を歩いていくところだった。四階からなのでかなり遠いが、ちょうど遮蔽物《しゃへい》がないせいでなため上からきれいに見とおせる。おまけにその長身で、遠目にも彼女はかなり目立った。

「さすがにもうバットは持ってねえか」

崇史が言う。

拓実が笑った。

「金属バット似合いそうだよねえ。標準装備でもいいくらい」

「あー、おれ石川にケツバットされたいなー」

「おれは踏まれたいな」と拓実。

「あんたら、声でかい」

ふいに廊下から声がした。三人同時にばっと振りむくと、そこには呆れ顔の涌井美舟が立っていた。

「あれ。涌井、どしたの」

怪訝《けげん》な顔をする壱に、美舟が手にした紙パックのカフェオレを振ってみせる。

「どしたのもなにも、自販機に寄った帰り。それよりあんたら、いまのがアキの耳に入ったら大変よ。問答無用で、全員その場で張ったおされるよ」

「マジか、やった」

崇史がぐっと拳《こぶし》を握った。

「石川のビンタとか、ご褒美以外のなにものでもないだろ」

美舟が苦笑して、

「だから、そういうこと言うなっての。あの子ああ見えて、アドリブきかないし下ネタ全般だめなんだからさ。じゃあね」

と、かるく手を振って去っていく。その細身の背中を見送って、

「……涌井って彼氏いんの？」

崇史が訊いた。

「さあ、知らない」と壱。

「涌井は涌井でモテそうだよなあ」

ため息まじりに拓実がつぶやく。

彼らの頭上で、次の授業開始を告げるチャイムが高らかに鳴り響いた。


「こっちじゃこの時期、菊の花をようさん食べるんですってね。ご近所から袋いっぱいもらってしもて、どないしようかと思ってたのよ」

ああよかった、と言って千代はにっこり微笑んだ。

台所のテーブルには、あざやかな紫や黄の食用菊がところせましとあふれかえっている。

こちらの県民は茹《ゆ》でておひたしとして大量に食べるのがふつうだが、どうやら千代の食文化にはいままであまり存在しなかった食材らしい。晶水の携帯電話に、

「アキちゃん。食べる菊って、どないに消費したらええのん」

とヘルプコールがあったのが昨夜のことだ。

「一見食べきれないように思えるけど、茹でちゃうとだいぶかさが減るんでだいじょうぶです。醬油《しょうゆ》やポン酢や青じそドレッシングで、おひたしとして食べるのがいちばんポピュラーで……」

言いかけたところをさえぎって、

「どんな食べかたがあるか、いろいろ教えてほしいの。よかったら明日、学校の帰りにうち寄ってって。お願いね」

といつもの可憐な声で、ただしきっぱりとした早口で言いつのられてしまった。

というわけで晶水はいま、制服にエプロン姿で、山江家の台所に千代と並んで立っている。

最初は料理法を教えてくれ、という話だったはずだ。

だが、気づけば晶水はよどみなく動く千代の手さばきや、アレンジをふむふむと拝聴する側にまわっていた。

結局は、態《てい》よく家に呼び寄せられてしまったということだろう。だが不快ではなかった。

この老女に会える口実ができるのは、正直こちらもありがたかった。

作業のほとんどは千代の主導ですすみ、日没前には夕餉《ゆうげ》の献立がすっかり出来あがってしまった。

寿司桶では茗荷《みょうが》と鮪《まぐろ》のちらし寿司に、たっぷりの白ごまと菊の花びらを散らしてある。副菜は菊の酢味噌和えにした。吸いものの具はかんたんに豆腐ときぬさやにし、これにもついでとばかり菊の残りを散らすことにする。

ここへ主菜は菊と桜海老のてんぷらで、今夜のメニューは決定であった。

「あらまあ、なんだか豪華になったやないの」

手を叩いて千代がはしゃぐ。

「紫のほうは癖がないので、おひたしでそのまま食べられるんです。でも黄いろいのはちょっと苦味があるので、ほかの具材と混ぜたほうがいいみたいですね」

「ありがとう。わたしの住んでたとこでも菊は食べへんことないんやけど、高級料亭みたいな店で、小鉢にちょこん、みたいなんが多いのよ。こんなにどっさり見たの、はじめてやから戸惑ってしもたわ」

頰に手をあて、

「それにしても、女の子がいるとやっぱりええわね。可愛いし華やかだし、こうしていっしょに料理だってできるもの」

うきうきと千代が言う。

「なにしろうちは一人息子やったから。おまけに孫も、イチひとりでねえ」

その台詞に、ぴくりと晶水は反応した。

千代も壱も、めったに家の内情については語ろうとしない。代々つづいているらしい夢見屋の商売についても、壱の両親についてもだ。だから晶水もつい、おいそれとは訊けずにいた。

――でも、この話の流れなら尋ねてもいいだろうか。

晶水はなるべく声のトーンを変えず、

「あの、山江のおとうさんが千代さんの息子さん……なんですよね？」

と訊いてみた。しかし、

「そうよ。もう十年以上も前に、お嫁さんと事故であれしてしもたけどね」

との千代の答えに、瞬時に後悔した。

「すみません、いやなこと訊いて」

慌てて謝った。

だが鷹揚に千代は手を振って、

「いえいえ。ええのよ、もうずっと昔の話ですよって」

と笑顔でかわしただけだった。

つづく言葉に晶水が迷う。とそのとき、気まずい空気をぶち壊すかのように、ばたばたと廊下を走る足音が近づいてきた。

「ばあちゃん、電話来た。電話！」

勢いよく駆けてきたのは、当の孫息子の壱だった。あら、と肩越しに千代が振りかえる。

「ありがとね、どちらさんから？」

壱はちょっと困ったような顔で、子機を突きだした。

「それが、ええと」

「なに？」

「おまわりさん……交番の」

千代と晶水は、思わず顔を見あわせた。


山江千代が見知らぬ男を連れ帰ってきたのは、約三十分後のことだった。

すみませんすみません、とぺこぺこ頭をさげながら鴨居《かもい》をくぐって入ってきた男は、まだ二十代なかばに見えた。

大学生か、それともフリーターだろうか。身なりはけっして悪くない。体型はやや小太りで冴えないが、穿いているジーンズは古着のヴィンテージだし、尻ポケットに突っこまれた財布はグッチの黒革である。

髪は念入りにセットされていたし、眼鏡のフレームも流行のものだった。両手の爪に至っては、晶水よりつやつやときれいなくらいだ。

男はばつ悪そうに笑って、

「橋の上からずっと川を眺めてたら、どうも自殺志願者だと思われたみたいで……。身元引受人にまでなってもらっちゃって、ほんとうにすみません」

とあらためて頭をさげた。

壱が身をのりだした。

「ねえ。なんでまた、うちのばあちゃんを身元引受人に指定したんすか？」

表情も声音も、一見無邪気そのものだ。

小柄で、目ばかり大きな童顔で、白い歯を見せてにっかりと屈託なく笑う彼は小学生に間違えられることもしばしばである。その笑顔にまんまとだまされたのか、男は「ごめんね」と眉をさげて、

「きみのおばあさんが、いまのところいちばん事情がよくわかってる人だから。うちの親は、

この手の話には理解がない人だし……」

　とかすかに苦笑した。

　その横で晶水は、まったく事情が飲みこめずにいた。ただぽかんと座っていると、ふいにその耳へ、

「あれ、ちょっと前にばあちゃんに依頼断られた人」

　と壱が低くささやきかけてきた。

　晶水も小声で問いかえす。

「断られた？」

「うん。ていうか、いちおう話は聞いたんだけどさ。その頃はじいちゃんが入院したばっかだったし、まだおれが相方じゃ心もとないってんで、〝入る〟のはご勘弁を、ってことになったんだ。それに、ばあちゃんも――」

　すこし言いよどむ。

「なんていうか、あんまり〝入り〟たくないみたいだった」

　壱の台詞に、晶水は目をすがめた。

「どうして？」

「んー、どうしてかはわかんないけど。たぶん、なんとなくヤな感じしたんじゃない」

そういうことたまにあるんだよね、とだけ言って、

「てんぷら揚げちゃう前でよかったなー。たねが入ってるボウル、ラップして冷蔵庫入れとくな」

と壱は立ちあがった。

3

「前にお会いしたのは春になる前だったから、もう半年も昔のことになるんですね」

すこしばかり恨みがましく、男はちらりと千代を見た。

千代が客人の相手をしている間、いつものように晶水はお茶出し係にまわった。

どうも八木橋《やぎはし》と名乗った男は、以前にも晶水が山江家のまわりで目にした「いわゆる、断りにくい依頼者」のひとりであるらしかった。

はっきりとは語られないが、彼らの親類縁者もしくは先祖が、かつて山江家に仕事を頼んだことがあるようだ。そのあたりのコネがらみで、あまり無下にはできないようなニュアンスだった。だが彼自身「親が理解がない云々《うんぬん》」とぼやいていたことからして、そう縁が強く残っているわけではなさそうである。

窓の外では、すでに陽が落ちかけていた。

千代の着物はさすがに絽《ろ》ではなくなったが、いまだ残暑は厳しい。

お茶のみ熱い煎茶にして、菓子は千代が「ここから出して」と言った中から、黒蜜入りの冷えたわらび餅《もち》を選んで添えることにした。

八木橋は煎茶をひとくち啜《すす》ると、

「――じつはあの頃とはすこし、事情が変わってきたんですよ。そのお話もしたいんですが、よろしいですか」

と、額にかかる前髪をかきあげた。

「変わった、と言いますと？」

千代が目を細めた。

「夢の内容が違ってきた、ということでしょうか」

「いえ」

八木橋が首を横に振る。

「みる夢は、変わってやしません。以前に打ちあけたとおりです。夢の中で、ぼくはある女性の顔を見る。一度も面識のない女性です。会った覚えはないし、まわりに訊いてみてもみんな心あたりがないと言う」

眉根に皺を寄せた。

「すくなくとも元クラスメイト、親戚、近所の人なんかでないことは確かです。卒業アルバムを何度も見かえしてみましたが、小学校、中学校、高校と、生徒にも教師にも職員にも似た顔の人はいなかった。大学の構内でも、もちろん見かけた記憶はありません」

ということは、やはり彼は大学生らしい。

千代が小首を傾げて、

「確かその女の人の顔は、いつも水面に浮かんで見えるんだったかしら」

と問う。

八木橋は大きくうなずき、

「そうです。水盆に浮かんでいたこともあるし、川や海や、湖面に見えたこともあります。だけどいつも、すくおうとするたび彼女は指の間から逃げていく。それがもどかしくて、夢の中のぼくは彼女を追って、しまいに海や湖の中に飛びこんでしまうんです。当然、ぼくは溺《おぼ》れます。でも苦しさより気持ちよさのほうが勝っていて、ああもっと、もっと、と思っているうちに目が覚める――。その繰りかえしです」

と声を落とした。

「ええ、そこまでは先日もお聞きしました」

千代がうなずく。

「湖に落ちたあと、水に包まれて気持ちいいと感じるくだりは、えらい心理学者の先生ならきっと『胎内回帰願望のあらわれ』とでも分析しはるんでしょうけれど……」

わずかに言葉を切り、

「わたしは『新著聞集』の中の、ある説話を思いだしましたわ。男が何度水を汲んでも、そこへ同じ顔があらわれて男を悩ます、という噺《はなし》です。ご存知ですか？」

と微笑んだ。

「いえ」

戸惑ったように八木橋が答える。

「では、ざっと説明しますわね。話は江戸時代にさかのぼります。これはラフカディオ・ハーンも『茶碗の中』という題名でリライトしてますから、新著聞集の中ではわりに有名な噺なんやないかしら」

千代は湯呑に口をつけて舌を湿らせ、

「こんな話よ。あるえらい方が将軍家へ年始まわりをすることになって、家来の関内《せきない》がついていくことになったの。その関内が休もうとして、途中の茶店に寄ります。やれやれと腰かけて茶碗に水をつぐと、そこにはきれいな顔の若衆が映っていた。

まわりに誰もいないのにはて、と思いながら水を捨て、またついだけれど、やはり同じ顔が映る。何度繰りかえしても消えないので、しかたなく関内は映った顔ごと、水を飲みほしてしまうの」

「それで、どうなったんです」

八木橋が、ぐっと体を前へ傾げた。

千代は言う。

「そのときは、どうともありませんでした。でもその夜、茶碗の水面に浮かんだのとそっくりな顔の若衆が彼の前にあらわれるんです。関内はすわ曲者《くせもの》と動転して斬りつけます。けれど若衆は逃げ去り、そのまま煙のように消えてしまう」

「消える？　幽霊ということですか」

「さあ。そのあたりの説明はとくにないの。ただ次の夜、関内が歩いていると、三人の男に詰問されます。男たちは『われわれはあなたが斬りつけた男の家臣だ』と名乗り、なんというこ とをしたのかと関内を責めるの。関内は刀を抜き、ふたたび斬りつけますが、男たちは飛びあがって塀を越え――」

千代はにっこりした。

「はい、これでおしまい」

「え？」

「えぇ？」

　思わず異口同音に、晶水は八木橋と声をあげていた。

「そんな。男の正体はいったいなんだったんですか？　なぜ水に顔が映ったんです？　斬られて消えたということは、やっぱり幽霊なんですよね？　でも幽霊に家臣がいるというのも妙な話だし——」

　やつぎばやに八木橋が訊く。

　しかし千代はいなすように首を振って、

「いえ、それらの説明はいっさいあれへんの。お話はここでおしまい。ハーンが書いたものと、新著聞集におさめられているもとの説話はディテールにいろいろ違いはあるんですけれど、ここでぶつっと終わっているのは同じです。きれいな若衆の正体も、やはりわからずじまい」

　千代は居住まいを正して、

「前置きが長くなりましたけれど、では八木橋さんの『事情が変わった』についてお聞きしましょうか。いまの噺のようなことが起こったんでなければいいが、とわたしは思うんですけれどね」

と告げた。

晶水は横目でちらりと八木橋を盗み見た。

内心で、いま聞いたばかりの噺を反芻する。薄気味のわるい話だった。怪談というのとも
すこし違う気がする。恐怖ではなくもやもやとしたものを心に残す、なんとも奇妙な物語で
あった。

八木橋が額を撫でた。

「驚いたな。じつを言うとぼくの話も、いま聞いたあらすじとかなり似かよっているんです。

ただし、前半だけですがね」

ふ、と彼は声を低め、

「——夢でみる彼女の顔が、近ごろ、現実でも見えるようになってきたんです」

と言った。

「それって、幻覚ってことっすか?」

物怖《ものお》じせず壱が問う。

いや、と八木橋は首を振って、「そういうのとは、すこし違う」と否定した。

「見える条件は、夢の中と同じなんだ。つまり水の表面にしか映って見えないんだよ。だか
ら指の間をかいくぐって逃げてしまうのも同じでね、寝ていても覚めてもぼくは、やっぱり

彼女をつかまえられない」

「つかまえたいんですか」

「そりゃあそうだよ」

きっぱり彼は言った。

千代のほうを向いて、

「こんなことを言うと頭のおかしいやつだと思われるでしょうが、ぼくは彼女が好きなんです。なんというか——恋してるんですよ」

はにかむように目を伏せる。

「おかしいですよね。わかってます。こんなのどうかしてますよ。でも、これが正真正銘の本音です。ぼくは彼女をつかまえたいし、できることなら実在の人物であってもらいたい。だいたい毎日毎日会えるのに、自分のものにならないばかりか告白もできないなんて……生殺しですよ。拷問です」

と八木橋は声を低めた。

「朝起きて、まずコーヒーを淹《い》れると彼女の顔が浮かぶ。歯をみがこうとコップに水を汲んでも彼女が見える。通りすがりの川面にも、ランチのスープにも、ペットボトルのお茶にも彼女がいる。疲れて帰って浴槽に水を張ると、そこにもやはり彼女がぼっかりとあらわれる」

「それは……苦しいでしょうね」

思わず晶水は相槌を打った。

経験したことはないが、やり場のない想いがせつないものだ、というのは彼女にもおぼろげに理解ができた。

得たりとばかりに八木橋はうなずいて、

「苦しいです。さっきも言いましたが、拷問ですよ」

と断言した。

そんな彼の声をやんわりと、だが明確に、

「それで、ご相談はなんですの?」

千代がさえぎる。

「失礼ですが、それはもううちの領分ではないように思えるんですけれど。うちの商売はあくまで夢にのみ限られてますよって」

ものやわらかな声だった。だが、声の底に硬い芯があった。しかし八木橋はなにも気づかぬふうで、

「いや、それがですね」

と慌てたように手を振った。

「……じつは夢の中で、さっぱり彼女に会えなくなってしまったんですよ」

「は？」

問いかえしたのは晶水だった。

彼が眉間に皺を寄せ、弱りきったように口を曲げる。

「だからですね、現実で彼女を見られるようになった途端、どういうわけかぼくの夢からは消えてしまったんです。あの水に包まれる心地いい感触も……そんなわけで、ずいぶんとご無沙汰です」

小太りの体軀を、八木橋はもじもじと動かした。

「どういうことでしょう。ぼくは、彼女に嫌われちゃったんでしょうか。でもだとしたら、まだ目の前にあらわれてくれる意味がわからないし」

顔をあげ、正面から千代を見据える。

「お願いです」

と、彼は畳に手を突いた。

「一度でいいから、ぼくの夢の中を探ってくれませんか。まだぼくの夢に彼女がいてくれるかどうか、知りたいんです。このままじゃ彼女がぼくにいったいなにを求めてるのか、なぜあらわれるのかが、さっぱりわからなくてつらいんですよ」

深ぶかと頭をさげた。

「お願いです。このとおりです。いまは、ほんのささいなヒントでもほしいんです。どうかご協力をお願いします」

数秒、沈黙が流れた。

やがてふうっと千代が吐息をつく。

「イチ」

「うん」

「……向こうの寝間にお布団敷いてきて。これから八木橋さんの夢に〝入り〟ますよって、あんた、うまいこと引きあげてね」

そう言って、老女は鬢《びん》のほつれ毛をかきあげた。

4

八木橋と千代は並んで敷布団に横たわり、すぐに眠りへと落ちていった。

「石川は、今回は入んなくていいからね」

ふたりの枕元に、蹲踞《そんきょ》の姿勢でしゃがんだ壱が言う。

「え？　どうして」

「ばあちゃんが気乗りしてないから。たぶん、あんまよくない種類の夢なんだと思う。もし石川を巻きこんじゃってなんかあったら、おれもばあちゃんもすごい困るし、すごい後悔することになるもん」

「――覗くだけでもだめ？」

なぜか、反射的に晶水はそう口に出していた。

壱が戸惑ったように瞬きする。だが晶水が揺らがないのを見てとって、

「いいよ」

と短く答えた。

「でも、覗くだけな。てっぺんのほうで待ってて。たとえおれが戻るのに時間がかかったとしても、ぜったいにおりてこようとしないで」

「わかった」

伸ばされた手を握った。

まぶたをおろす。

視界が遮断されるとほぼ同時に、意識がすうっと薄れる。

とぷん、と水に落ちていく感覚がした。なまぬるい水だ。羊水、という言葉が自然に思い

浮かんだ。

この瞬間の感覚は、夢の主によってそれぞれすこしずつ異なるようだ。とぷとぷとぷ、と音をたてて沈んでいく。体ごと、ぬるい水に飲みこまれていく。

はっと晶水は目をひらいた。

気づけば足の下に、透明な膜があった。その薄膜の向こうに景色がひらけている。おそらくあれが、八木橋の夢の世界だろう。

しゃがみこみ、膜にそっと触れてみた。やや弾力のある、オブラートを厚くしたようななんとも奇妙な感触だ。

顔を近づけて目をこらし、晶水は八木橋の夢を透かし見た。

きらりと白い光が瞳を射た。

目をすがめると、すぐに正体がわかった。川である。流れのゆるやかな、広い川だ。さきほどの光は、水面に弾かれた真昼の陽射しであった。

欄干に男が腰かけているのが見えた。

おそらくあれが八木橋だろう。そしてすこし離れて見守っている、あの仄白い影が千代だ。姿かたちは見えなくとも、かもしだす空気でわかる。

男はじっと川面を見つめていた。

晶水もつられるように、さらに薄膜へぎりぎりまで顔を寄せた。じっと凝視する。やがて、八木橋の視ているものがようやく晶水にも見えてきた。

ぼんやりと水面に浮かんでいるのは、女の白い顔だった。

彼をまっすぐ見つめている。と言うよりは、見据えている。

なめらかな輪郭を黒髪がふちどっている。二重まぶたの目もとにはうっすらとそばかすが散り、化粧気がないことが一目で見てとれる。唯一、唇の朱だけが色らしい色と言えた。

——なんだろう、不思議な顔つき。

晶水はいぶかしんだ。

面には表情らしい表情は浮かんでいない。なのに怒っているようにも、悲しんでいるようにも、それでいてなにかを訴えているようにも見える。

無表情なのに、万感の想いをたたえた顔——。そうとしか、言いあらわしようのない相貌であった。

なぜか晶水は、惹《ひ》きこまれるのを感じた。

八木橋もまた、陶然と女に見入っている。ぐっと彼の体が前へ傾き、倒れる。落ちる。女にいざなわれるように、あたたかな水へとゆっくり落下していく。

次の瞬間、晶水は腕を誰かに掴まれていた。

体ごと急激に浮上する。

まだ慣れきらない感覚に、無意識に息を止める。

ふたたび目をあけたときには、もう彼女は山江家の寝間にいた。

首をめぐらす。八木橋が布団に足を投げだしたまま、

「へんな……感じですね」

とぼんやり言うのが聞こえた。

一重まぶたの目をしばたたき、彼は眉間を何度も揉んでいる。以前の依頼は断られたというから、八木橋にしてみたらこれがはじめての〝夢見〟の体験なのに違いなかった。

「いや、でも、すごいな」

眼鏡をかけるやいなや、目を輝かせて彼は千代ににじり寄った。

「おれ、夢で彼女に会えたのはほんとうにひさしぶりですよ。よかった。まだ彼女はおれの中にいるんだ。完全に外に出て行ってしまったわけじゃなかったんですね」

千代の手を握らんばかりの勢いだ。

老女は失礼にならぬ程度にすこし身を引いて、

「夢の中で視る彼女と、起きて見る彼女とはなにか違いますの？」

と訊いた。

八木橋はすこし考えこみ、

「うーん。違いってほどの違いはないんですが、やっぱり夢の中で会うほうが『おれのもの』って思えるんですよ。なんていうか、おれの世界に彼女の存在ごと取りこんじゃってる感じ、っていうか」

にやりと笑った。

その瞬間、晶水の神経がかすかに波立った。

覚えのある表情だ、そう思った。だがそれがなんなのか、はっきりととらえる前に違和感は消えてしまった。

「あの女の人のこと、好きなんすよね」

壱が割りこむように言った。

八木橋がうなずく。

「好きだよ。いや、好きなんて言葉じゃうまく言いあらわせないな。なんていうか、もっと……こんなこと言うの恥ずかしいけど、恋焦がれてる、って感じなんだ」

彼はぱっと千代を振りむいて、

「ね、山江さんも見たでしょう、あの表情。あれですよ。あの不可思議な表情。あれにぼくは魅せられているんです。あの顔で、あの眼で見つめられるシチュエーションの虜《とりこ》になってしまったんだ」

とひといきに言った。

ずいぶんと芝居がかった台詞だった。だが照れる様子もなくきっぱりと言いきったばかりか、八木橋は得意げに胸をそらしていた。

頬は紅潮し、瞳はうるんでいる。まるっきり、恋に理性を失くした男の姿といったふうだ。

千代はしばし、黙ってそんな彼を眺めていた。

やがてふと唇をひらくと、

「さっきわたしが言った噺、まだ覚えてはりますやろか」

と言った。

気をくじかれたのか、八木橋が目をしばたたく。

「え、はい？」

「新著聞集にあった、きれいな若衆の顔が水面に浮かぶというお噺ですよ」

謳《うた》うように千代は告げた。

「その説話をもとに、ラフカディオ・ハーンが『茶碗の中』という掌編を書いたということもお話ししましたわね。ハーンは自分の作品にするにあたって、ディテールを書きくわえ、関内の感情描写をし、話をふくらませました。でももとの説話にはあって、ハーン版では削られたところもあるの」

　呼吸を継いで、

「若衆の使いだという三人の男は、関内を責めてこう言うのよ。『思いを寄せて参った者を、労わるどころか、手を負わせるとは何事ぞ』と」

　口の端で微笑した。

「ハーン版では、美しい若衆はなぜ関内の前にあらわれたのかなにも説明がない。でも原典の噺には『思いを寄せて参った』とある。つまり若衆は関内になにがしかの思いを持っていたらしいのね。そうして、生霊かなにか正体はわからないけれど、関内のもとを訪れることになった――」

　老女は目をあげ、八木橋を見つめた。

「でもこの『思い』とやらが、どんなものかまでは書かれていません。思慕なのか、それともっとべつの薄暗い感情なのか。それとも嫉妬《しっと》か憎悪か、はたまたさらに根深く得体の知れないなにかなのか」

　あなたはそれでもいいんでしょうか――と静かに千代は問うた。

　八木橋が無言で彼女を見つめる。

　重ねて千代は言った。

「彼女があなたの望むとおり、実在の人物だとしますよ。以前に会ったことがあるのか、それをあなたが忘れているだけなのか、それともこれから出会う人なのかはわかりません。けれど、必ずしもプラスの感情であなたの夢へ訪れているとは断言できませんのよ。あなたは彼女に恋している。でも彼女のほうはそうでないかもしれない。それでもええの？　だとしてもあなたは、この夢に固執しつづけますの？」

「ええ」

八木橋は即答した。

枕もとの盆に手を伸ばす。すっかりぬるくなってしまった湯呑を手にとって、彼はにっこり笑った。

「さっきは言いませんでしたが……じつを言うといまこのお茶にも、彼女の顔が浮かんでいるんです」

彼が掌の中の茶を、ぐっと一気に呷《あお》る。

晶水は息を飲んだ。

しん、と座が静まりかえった。

八木橋は照れたように笑い、

「ほら、ぼくもその関内とやらとそっくりだ。『思いを寄せて参った者を、労わるどころか、手を負わせるとは何事ぞ』なんでしょう？　その想いとやらが怒りだろうが悲しみだろうが、どうだっていい。これで彼女か彼女のまわりの誰かが、ぼくにコンタクトをとってきてくれるなら安いもんですよ」

と、ぐるりと一同を見わたした。

5

鐙田東高校の図書室は、古い紙特有の黴《かび》くさいような、それでいてなつかしいような匂いに満ちていた。

晶水が壁際に置かれた端末で調べてみると、ラフカディオ・ハーン関連の著作は何冊か見つかった。分類ナンバーをメモに書きとり、棚の間を探してまわる。

端末の検索にひっかかったハーンの本は三冊。うち二冊はぶ厚い文学全集におさめられたもので、残りの一冊は文庫だった。

迷わず晶水は文庫を選び、目次を指でたどった。

中ほどに『茶碗の中』の四文字を見つける。文庫を持って、晶水は読書用のテーブルへと移動した。

腰をおろし、ページをめくった。

目当ての噺は、あっけないほどに短かった。あらすじにハーン自身の前口上とあとがきめいたものが添えられているが、それでもたったの五ページしかない。

話のすじは千代が語ったとおりだった。

茶店でついだ茶の中に関内は若い男の顔を見、逡巡ののちそのまま飲みほしてしまう。すると当の男の生霊かと思われるなにかが現れ、彼に恨みごとを言うのだ。

ハーンは彼の容貌について「不吉な美しい顔」と書きしるしている。まさにそのとおり、不吉ながらも奇妙な美しさをあとに残す噺だった。

三人の使いが太刀をかわし、塀を飛びこえるところで終わる――というあいまいな幕切れにさえ、不思議な魅力を感じる。

こんな言いかたは変だが、一種形容しがたい色気があった。

文庫本を閉じ、晶水は短いため息をひとつついた。

一年の階へ戻った途端、廊下の向こうから聞き慣れた声がした。

「いっしかわ！」

「山江声でかい、うるさい」

顔も向けず、晶水は冷たく言った。

しかし壱はめげた様子もなく、彼女のまわりをちょろちょろと走りまわる。

「これ地声！　ねえねえ、放課後ひま？　おごるからハンバーガー食いに行かない？」

「おごり？」

不覚にも、つい晶水は彼に向きなおってしまった。

「山江、そんなお金あんの。めずらしい」

「金はあんまないけど、これがある」

得意げに彼はちいさな紙きれの束を目の前に掲げてみせた。

「見て、割引クーポン！　サッカー部の先輩が会員らしくてさ、ついさっきもらったんだ。おれここ入ったことないんだよね、予定ないならいっしょに行こうぜ！」

顔を近づけてみると、フレッシュネスバーガーの百円割引券が六枚あった。確かにハンバーガーショップで六百円が浮くというのは大きい。

晶水はほんのすこしだけ迷って、

「ま、いっか」

という結論にすぐ至った。

冷蔵庫の食材は足りている。朝食と昼食は決まりきったものでないと食べない父も、なぜか夕餉には無頓着《むとんちゃく》だ。今日くらいはスーパーに寄って帰らずとも、なんとかなるはずであった。

冷凍庫には確か、作り置きの餃子《ギョウザ》がある。小分けのパックにして凍らせておいた煮豆や海老チリ、肉団子、煮凝《にこご》りなどもある。

千代からおすそわけでもらった菊もまだあるし、餃子を焼いて、菊のおひたしと煮凝りで夕飯はじゅうぶんだろう。

「いいよ、行く」

口に出して言った途端、なんだか気分が浮きたってきた。

そういえば最近、ファストフードなんてご無沙汰だ。部活に精を出していた頃はほとんど毎日誘われるがままにコンビニやマクドナルドに寄っていたものだが、帰宅部となったいま、すっかりその習慣もなくなってしまった。なんだかあの頃に戻ったみたいでちょっと嬉しい。

だがそのとき、背中にちくりと視線を感じた。

あ、と瞬時に思いあたる。

この突き刺さる感じ。いかにも棘《とげ》のあるこの目線は。

——しまった、忘れてた。

視線の主はきっと神林佐紀に違いない。だがいまさら壱に対し「やっぱりやめた」とも言いにくかった。

固まってしまった晶水を、怪訝そうに壱が覗きこむ。

「石川、どした？」

「え、あ、ううん」

慌ててかぶりを振った。

――いやべつに、神林さんに対してやましいことをしてるわけじゃないし。

そう己に言い聞かせる。

自分は純粋にハンバーガーに食指が動いただけであって、他意はない。だから彼女にあんな目を向けられるいわれはないのであり、ともかく困る。

こちらとしてはべつだん、彼女の機嫌をそこねたいわけではないのだ。そうとわかってほしいが、いちいち釈明に行くのもどうかと思えた。

だからこの手の話題はいやなんだ。そう晶水は内心で舌打ちする。

好きだの嫌いだの三角関係だの、面倒くさいしややこしい。だいたいが自分は単純な人間で、こういった煩雑なごたごたには向いていないのだ。

美舟に「番長か」と言われたとおり、殴りあってさっぱりするほうがまだ性に合う。とはいえ神林さんをグーで殴れるかというとまた話は別で――と彼女がぐるぐる考えているうち、

「んじゃ、放課後にな。校門とこで待ってるから」

とあっさり壱は走っていってしまった。


「あ、うまい。なんだよ、うまいじゃん」

「なにをいまさら」

声をあげる壱に、呆れたように晶水は言った。

夕刻のフレッシュネスバーガーはなかなかに混んでいた。電車を待つ高校生やら予備校生で席はほぼ埋まり、あちこちから高い笑い声が響いている。

「だって、思ったよかうまかったんだもん。なんだー、もっと早く来ればよかった」

ポテトの袋を押しやり「石川も食っていいよ」と壱が言う。

彼がレジカウンターで店員に、

「えっとね、おれ普通のバーガーと、テリヤキとホットドッグ。あとポテトのLと、アイスカフェラテのトール！」

と高らかにオーダーしたのがつい十分前のことだ。

そのあとで晶水はごく地味に、

「フィッシュバーガーと、アイスオレンジティーのショートで」

と注文を済ませた。

壱はホットドッグの最後の一片を口に放りこんで、

「うまい。幸せー。おれ、わりとなに食ってもうまいって思うほうだけど、マジでうまいし腹減ってるしで倍幸せ」

包み紙を丸めて放り、最後のテリヤキバーガーに手を伸ばした。

「え、もう二個食べちゃったの？」

晶水が目をまるくする。

「〝カレーは飲みもの〟じゃないんだからさ。ちゃんと嚙んでんの山江」

そんなんじゃ消化に悪いでしょ、とつい世話を焼いてしまうのが、長い部活動でつちかった先輩気質というやつだ。

「ねー石川。テリヤキひと口あげるから、そっちのフィッシュバーガーもひと口くんない？」

「ちょっと、かじんないでよ。ナプキン貸して、ちぎってやるから。あ、食いつくなってば、こらっ」

じゃれつく小猿をなんとかあしらっていると、ふいに、背後からのかん高い声が空気を裂いた。

「すみません。当店では年齢確認のできないお客さまには、アルコール類は出せないことになっておりまして……」

「いいじゃんいいじゃん。堅いこと言うなってぇ」

肩越しに、晶水はちらりとその席を見やった。

四人掛けの席に、少年たちが肩を寄せあうようにして座っていた。全員が私服姿だが、どう見ても高校生だ。

「いいからビール四つ、お願いね」

「歳ごまかしてると思う？　おれたち干支《えと》も言えるよ。ほら訊いて訊いて」

と店のマニュアルを逆手にとってはしゃいでいる。若い女の店員が、泣きそうな顔で立ちすくんでいる。

晶水はわずかに身をのりだした。

これ以上図に乗るようなら割って入って、騒ぎにしてやったほうがいいかな、と脳内で素早く計算する。そのほうがきっと店だって対処しやすいはずだ。

だがさいわい晶水が動く前に、店長らしき眼鏡の男が駆けつけた。

しかも背後に警備員をふたり連れている。食い倒れ人形のような見た目と違い、なかなか判断の速い男らしい。ほっとして、晶水はふたたび椅子に身を沈めた。

「うわ、店員さんも大変だなー」

のんびりと壱が言った。

「つか、ここってメニューにビールもあるんだ。なにもこんなとこで、ごり押ししてまで飲むことないだろうに」

「私服とはいえ、ばれないわけないのにね。馬っ鹿みたい」

腹立ちまぎれに、晶水はフィッシュバーガーに嚙みついた。

「んでも、あいつらが食ってたやつうまそうだったぜ」

壱がメニューを覗きこんだ。どうやら自慢の視力で、テーブル上のトレイの中身まで瞬時に把握したらしい。

「えーとね、ああこれだ、ポップオーバー。シュークリームの皮みたいなパンに、クリームつけて食うんだってさ。おれ追加で頼んでこよっかな。ね、石川も食うでしょ？」

言うが早いか、さっさと席を立ってしまう。

数分後、ポップオーバーをのせたトレイ片手に戻ってきた壱に、

「しっかし、よく食べるね」

晶水は慨嘆した。

すこし前に「ばあちゃんとふたり暮らしだから、なにつくったって余る」と言われた気がするが、ぜったい嘘だ。

しかしそんな台詞を吐いたことすら覚えていないだろう当の壱は、口をもごもご動かして、

「おれ燃費悪いからさ。食えるだけ食っとかないと、すぐ体重リミット切っちゃうんだ。さすがにあんま軽いと、試合で当たり負けしちゃうじゃん。それじゃ助っ人として役に立たないし、次の依頼も来ないっしょ。だから五十キロはせめて死守することにしてんの」

と言った。

晶水の動きが止まる。

山江家はいま、祖父母の年金を主な収入源としているらしい。孫の壱は『ゆめみや』の商売を手伝うかたわら、バイトで球技部の助っ人をして家計を助けている。しかしいま晶水が聞きとがめたのはそこではなく。

「――山江って、五十キロしかないの?」

ポテトの袋に伸ばしかけていた手を、彼女はそろそろと引っこめた。

ポップオーバーをちぎりながら壱がうなずく。

「いまはもうちょいあるよ。真夏の頃は食っても食っても痩せたけど、涼しくなってだいぶ戻ってきた」

「ああ、そう……」

晶水は気まずく視線をそらした。

オレンジティーに入れてしまったガムシロップを、いまさらながら後悔する。バーガーもフィッシュフライが挟まっているこれではなく、せめてレタスドッグをチョイスしておくべきだったかもしれない。

ひっそりと落ちこむ晶水を後目《しりめ》に、壱が勢いよくばくばくと食べつづける。そのふたりの手もとに、ふっと影がさした。

「やあ、奇遇だね」

聞き覚えのある声が降ってくる。

顔をあげて、思わずぎょっと目を見ひらいた。

目の前に立っているのは八木橋だった。

つい先週会ったばかりだが、別人のように顔がつやつやしている。だが晶水の視線は彼を素通りして、背後に立つ男女に向けられていた。

ふたりとも彼と同年代か、すこし上だろう。男はグラフチェックのシャツにチノパンツで、やや細い目がいかにも穏和そうだ。その横に、麻のシャツワンピース姿の女が寄り添うように立っている。

晶水はしばし、その女性に釘付けになっていた。

たまご形のなめらかな輪郭。色白の頬。目のまわりに、かすかなそばかすが散っている。

ごく薄化粧で、頬と唇だけがほんのり赤い。

——あの女の人だ。

間違いない。八木橋の夢の中で見た、例の女とそっくり同じ顔であった。

横目で壱をちらりと見る。

彼の目もやはり背後の女に向いていた。が、驚きは表に出さず無表情を保っている。慌てて晶水も、なかばあいていた唇をぱくんと閉じた。

「制服デートか。いいねえ、高校生は」

八木橋が微笑む。

「どうも」

壱がすこし頭をさげる。晶水はなにも言えなかった。

八木橋は背後の男女を親指で示して、

「じつはぼく、バイトをはじめてね。後ろのふたりはバイト仲間。これからお近づきのしるしに夕飯を食べに行くんだ。店があく時刻まで、ここでコーヒー飲んで暇つぶしてたってわけ」

と説明しながら、意味ありげな目で壱と晶水を交互に見やる。

わかるだろう？　とその瞳が語っていた。わかるだろう、くだんの女性をやっと見つけたよ――と。

晶水は顔をそむけた。

壱が抑揚のない声で「そうっすか」と短く答える。

去りぎわにもやはり、八木橋は妙な目くばせをしていった。

女がふたりのテーブルを通り過ぎる際、すっと会釈する。と同時にレジカウンターの方角から、

「ビールくらいで、がたがたうるせえよ」

「お客さまは神さまなんだろ。金さえ払や、いいじゃねえかべつに」

とわめき声が聞こえた。くだんの私服の高校生たちが、どうやらまだ往生ぎわ悪く警備員たちと揉みあっているらしい。

きゅっと女は眉をひそめた。そして頬をこわばらせたまま、連れの男を追うように早足で店を出ていった。

6

「え、アキお弁当それだけ？」

美舟の頓狂な声が、昼休みのC組に響きわたった。

「トシ、声おっきい」

晶水はちらりと目をあげて、

「……ちょっと、ダイエット中なの」

ぼそりと声を落とした。

机には弁当箱を包んでいた大ぶりのハンカチがランチョンマットがわりに広げられ、その上にはいつもなら二段重ねの弁当箱が一段だけ置かれていた。

昨日までは下の段にご飯、上の段にはしらすと葱入りのたまご焼き、ひじき煮、蓮根《れんこん》のきんぴら、鶏つくねといったふうに、父の乙彦がお気に入りのメニューとまったく同じものが詰められていたはずだ。

ちなみに乙彦はこのおかずへ、明太子と鮭のおむすびを添えてやらないと食べない。だが晶水は必ず白飯を詰め、毎日違うふりかけや、弁当用カレーのパックをかけるなどしてせめてもの抵抗を試みていた。ごくまれに時間が余ったときは、手早く炒飯《チャーハン》をつくって詰めこむことすらあった。

だが今日の一段きりの弁当箱には手まり寿司ふたつ程度の白飯と、たまご焼きと鶏つくねが一切れずつ。余ったスペースには、セロリと人参のピクルスが押しこまれているきりであった。

「あんたにダイエットなんて必要ないじゃん」

呆れたように美舟が言い。

「そうだよ、ないよ。アキちゃんはいまのままでいい」

と雛乃が力説する。

「てか、何キロ落としたいのよ」

「……とりあえず、目標は五十キロ以下」

晶水の答えに、

「はぁあ？」

と美舟が大げさに目を剝《む》いた。クラスメイトの注目が集まるのを後目に、さらに声を高くする。

「馬っ鹿じゃないのアキ。無茶すぎでしょ。あんたの身長で四十九キロっていったら、BMIで言うと、えーと」

「十六」と雛乃。

「そう十六！　いまどきはファッションモデルでも、BMI十八以下は不健康だってことでショウにも出られないご時世なんだよ。それを十六とか、鶏ガラじゃない」

「いや、これでも中学の頃より、体重は減ってるんだって……」

力なく晶水は反駁《はんばく》した。

と言っても痩せたわけではない。その逆だ。筋肉が落ちて、そのぶん体脂肪が増えたのである。

俗に筋肉は脂肪の三倍重い、と言われている。中学女子バスケット界において有数のポイントゲッターであった晶水は、当時は全身にみっしりとばねのような筋肉を蓄えていた。どこもかしこも硬く引き締まっていたあの頃に比べたら、いまはずいぶんと女の子らしい体型になったはずだ、と晶水は自分に言い聞かせる。――むろんこれは、あくまで当社比で、の話であるが。

「あとで『やっぱりお腹《なか》すいた』なんて言ってもおごってやんないからね」

「アキちゃん、ヨーグルトくらいなら食べてもいいんじゃない？　これ食べる？　低脂肪のじゃないけど」

二者二様に、美舟と雛乃が口ぐちに言葉を投げかけてくる。

失敗したな、と晶水は内心で悔やんだ。

せめてもうちょっと段階を踏んで実行するべきだった。これでは「で、ダイエットの理由は？」と尋ねられるのも時間の問題だ。

「ごめんいいよ、ありがと」

と彼女が雛乃に断りを入れた直後、廊下の向こうからばたばたと騒がしい足音が近づいてきた。既視感のある展開に、思わず眉根が寄った。

「石川ぁ！」

いまや上履きの音とすっかりセットになった声が、顔のすぐ近くで反響する。

ばっと素早くハンカチで弁当箱を覆うと、

「山江、何度同じこと言わせんの」

と、晶水は通路側の窓枠に肘をのせている壱へと首を曲げた。もちろん表情は、なるべく平静を保ってだ。

「ったく。高校生にもなって、廊下くらい静かに歩いてこれないの」

「だって急いでたんだもん。ていうか、問題はそこじゃなくて」

ぐっと前傾姿勢になり、晶水の耳もとへ口を寄せた。

「――例の八木橋さん、今日うちに来るらしいぜ。ばあちゃんから留守電入ってた」

「え？」

思わず訊きかえした。

壱が目をわずかに細める。彼にしてはめずらしい、はっきりと不快感をあらわにした仕草だった。

「石川は無理して来なくてもいいけどさ、いちおう言いに来たの。そんだけ」

と言って去ろうとする壱の襟首《えりくび》を、慌てて晶水は腕を伸ばしてつかまえた。ななめ後ろに倒れた微妙なバランスのまま、壱がじっと彼女を見かえしてくる。

目の端で美舟の苦笑顔を確認しながら、

「……帰り、わたしもそっちに寄る」

と晶水はこっそりささやいた。

再訪した八木橋は、ひどく上機嫌だった。

先日ファストフード店で会ったときと同じく、妙に顔がつやめいている。頰はゆるみっぱなしで、笑みがこらえきれないといった様子だ。

「やあ、先日はデートのお邪魔しちゃってごめんね」

晶水を見るなりへらへらと笑い、次いで千代のほうを向くと、

「あ、今日はお茶菓子はいいですよ。ぼく、お世話になったお礼にケーキ買ってきましたから」

と、いそいそと手もとの化粧箱をあける。

白い箱にはずっしりと持ち重りしそうなモンブランと、林檎《りんご》のタルトがふたつずつ隙間なく詰まっていた。化粧箱に印刷されたフランス語らしきロゴは、確か市内ではかなり有名な洋菓子店のものだ。

「わーうまそ。おれモンブランね。石川、どっちにする？」

真っ先ににじりよる壱の膝を、晶水が「こら、行儀わるい」と叩くのを後目に、

「すみませんねえ。べつにそれほどお世話してもいませんのに」

と千代はやんわり微笑んだ。

八木橋が大仰に手を振って、

「いえいえ。ほんとうに感謝してるんですよ。こんなケーキくらいじゃとうていお礼になっちゃいませんが、今日はご報告がてらうかがった次第でして」

と声を張りあげた。

壱をちらりと見やって、

「きみたち、こないだお店で会ったよね。あそこで会ったのは偶然だけど、ああこれも運命の一環かなあと思ったよ。なんにせよ、説明の手間がはぶけてよかった」

「わたしもイチから聞きました。なんでも、くだんの女性とごいっしょだったそうですわね。もうひとり男性と、三人で店においでやったとか」

千代が言った。

勢いこんで八木橋がうなずく。

「ええ、おかげさまでやっと出会えました。なんのことはない、大学近くのファミリーマートで彼女はバイトしてたんです。ふだんはセブンイレブン派なもんで、気づくのが遅れました」

「あらまあ」

千代が相槌を打つ。

「でしたらやはり、八木橋さんが以前に見かけていたんでしょうねえ。表層意識は忘れたけれど、脳の奥の抽斗にしまいこんではったんやないかしら」

「かもしれません。いやあ、彼女をウインドウ越しに見つけたときは驚きましたよ。それとも、興奮したと言うべきかな」

感に堪えない、といったふうにかぶりを振る。

「ともあれぼくもそこでバイトすることに決めて、さっそくネットで番号を調べて電話しました。なるべく早く働きたいと要望して、面接もその日のうちに受けました」

人手不足ゆえか、わずか数分の面接で彼は採用されたという。

店長がさらりと履歴書を見るなり、

「ああ、あそこの学生さんか。ならだいじょうぶだろ。身元もはっきりしてるし」

とコメントしたところからして、大学のネームバリューもかなり有利にはたらいたものらしい。

八木橋は翌日の昼から働きはじめた。

そして同じく日中のシフトに入っていた〝彼女〟と、そうそうに顔を合わせることになった。

「彼女の名は、宮代《みやしろ》さん。宮代みちるさんです。バイト仲間はみんな『ミヤちゃん』て呼んでるようですが、ぼくはまだ宮代さんとしか呼べていません」

恥ずかしげに八木橋は顔を伏せた。

「親しくなったんですか」

お茶のカップを差しだしながら、つい晶水は口をさしはさんだ。

八木橋がちょっと目をあげて、

「もちろん。と言っても、彼氏の小椋《おぐら》さんも込みでだけどね。ああ、小椋さんていうのは同じ店舗でバイトしてる人で、きみらもこないだフレッシュネスバーガーで会った人。ほら、宮代さんの隣にいた男性だよ」

と言った。

「おかしな話に聞こえるかもしれないが、小椋さんと彼女とぼくの、三人ですっかり仲良くなっちゃったんだ。フレッシュネスで会ったときはまだそう親しくなかったけど、その後気が合って、しょっちゅう遊ぶようになってね」

「彼女の恋人だとわかっている男性と三人で、ですか」

千代が問いなおす。

しかし八木橋は屈託なくうなずいた。

「はい。それどころか最近は宮代さん抜きで、小椋さんとふたりで遊ぶことのほうが多いくらいです。いやあ、めっきり男の友情を育んじゃってますよ」

と明るい声で笑う。

晶水はかたわらの壱を横目で見た。壱が肩をちょいとすくめてみせる。

しかし八木橋は一同の反応など委細かまわず、躁《そう》状態すれすれの語調でつばを飛ばして話しつづけた。

「じつは小椋さんも、おれと同じ大学の学生なんだそうです。学部は違いますけどね。おれは商学部、彼は工学部。ただし小椋さんはいろいろ事情があって、いまは休学中らしいんですが」

「そのみちるさんという方は？　彼女は学生と違いますの？」

千代が訊いた。

「ああ、彼女は医療系の専門学校を卒業して、いまはフリーターです。小椋さんとは高校の頃からの付きあいだって話だから、付きあい自体はかなり長いみたいですね。彼が休学するときも、ずいぶん宮代さんが支えてあげたみたいですよ」

平坦な口調で八木橋は言った。

「ねえ。こんなことを訊くのは、いかにも下世話なんですけれど」

千代が眉を曇らせて、

「八木橋さんは、いまのその状態で満足してはりますの？　だって何日も何日も夢にみて、思い悩んで、執着しつづけた女性が実在のものとして目の前にあらわれたわけでしょう。それを〝彼氏がいました〟というだけで、そうかんたんに思いを割りきれるものかしらと、わたしなんかはつい思うてしまうんやけど」

言葉を切り、かるく頭をさげた。

「ごめんなさいね、こんなん言うて」

「いえ」

八木橋は手を振った。

「千代さんが疑問に思われるのももっともです。なにしろぼく自身、ずっと奇妙な感覚は残っていますから」

「と言いますと?」

「あー、ええと、なんて説明したらいいかな」

彼は頭を搔いた。

「……うまく言えないんですが、宮代さんがほんとうに夢の彼女本人なのかどうか、ぼくはいまだにはっきり確証が持てないままなんです」

「よく似た別人じゃないか、と?」

「いや、そうじゃなくて」

言葉を探すふうに、顎に手をあてる。

「九十九パーセント、彼女だとは思うんです。宮代さんには双子の姉妹なんかいないそうだし、そばかすの散り具合や、眉の感じなんかも間違いなく彼女本人だ。でも——表情が違うんですよ」

不満げに彼は口を曲げた。

「確かに宮代さんは、例の女性とそっくりです。でも彼女はよく笑う気さくな明るい人で、接客態度もいいし、バイト仲間にも受けがいい。店長にだって好かれてる。いつも笑顔を絶やさないひとで、夢の水面に映っていたような顔はいまだ一度も見せてくれません」

それがぼくには、どうにももの足りないんです——と八木橋は言った。

「わかってます。世間一般にはにこやかで人あたりのいい宮代みちるさんのほうが、魅力的なんだってことくらい。でも、ぼくにとっては違うんです」

首を横に振って、

「やっぱりぼくが好きなのは、あの夢の女性なんだとわかりました。宮代みちるさんは彼女その人なんだろうけれど、そうじゃない。ころころよく笑う彼女には確かに好感が持てます。でも、宮代さんじゃぼくの恋ごころは揺り動かされないんだ」

だがそう言いながらも、やはり彼は顔に笑みを浮かべていた。

ああこの笑顔だ、と晶水は思った。

以前も覚えた違和感が、胸をちりっと走り抜ける。

どこでだろう。これと同じ表情を、確かに過去にも見たことがある。だがどこでなのか、うまく思いだせなかった。

千代が問う。

「夢のほうは、あれからどうなりました?」

「変わりありません。先日こちらで視たっきり、例の彼女はあらわれてくれませんよ。やっぱり千代さんの力を借りないと、もう無理なのかな」

おもねるように八木橋は千代を見た。

そしてさもいま思いついたかのように、

「そうだ、もし時間がありましたら、またあれを……夢見をやってもらえませんか。予約してないから、そのぶん料金はもちろん上乗せします。なのでできれば、前回よりすこし長めに——」

「ごめんなさいね」

千代が目を細めた。

「今日はこれから、亭主の見舞いに行かなあきませんの。申しわけないけれど、ご遠慮してくださるかしら」

「え、ああ。……そうですか」

言葉はやわらかいが、断固とした断り文句だ。

八木橋は肩を落とした。いっぱいにふくらんだ期待が、一瞬にしてしおしおとしぼんだのが傍目《はため》にもわかった。

晶水は手を伸ばし、からになった彼のケーキ皿を朱塗りの盆に片づけた。お茶のおかわりも、あえて注がなかった。

ようやく彼が帰ったあと、

「イチ。八木橋さんたち三人がバイトしているという〝大学近くのコンビニ〟とやらが、どこにあるか知ってる？」

と千代は言った。

壱がうなずく。

「うん、だいたいは」

「そう。ほなら可能な限りでええから、目くばりしといてくれへんかしら」

「なぜです。なにかあるんですか」

晶水が問う。

千代はわずかに眉根を寄せて、

「わたしにもわかれへんの。……せやけど、どうもよくない予感がするんよね」

と、つぶやくように言った。

7

足を動かすと、わずかに水飛沫が立った。

視界いっぱいに薄い青があった。空の青。そしてその青を映す、静かに凪いだ湖面。空と水面の境界がひどくあいまいだ。

男は桟橋に腰かけていた。足首から下を冷たい水に浸し、ただじっと座っている。

風が吹き、湖面に縮緬《ちりめん》のようなさざ波が走った。

八木橋は湖を見おろした。たっぷりとした水がたたえられている。どこまでもひんやりと澄んで、底の水草までもが透かし見える。

求める女の顔はどこにもなかった。

しかし、彼は待った。待ちつづけた。

どれほどの時間が経ったのか、やがて薄青かった空は橙に染まっていった。夕陽が空の端に落ちるとその橙も消え、代わりに世界を支配したのは黒だった。

背後に足音がした。彼は振りかえった。

そこに、三人の男が立っていた。全員がすっぽりと顔に白い布をかぶっている。男たちは八木橋に向かい、声を揃《そろ》えて言う。

――〝思いを寄せて参った者を、労わるどころか、手を負わせるとは何事ぞ〟。

違う。

八木橋は答える。

そうじゃない、逆だ。

手を負い、負わせるからこそ、彼女はぼくのところへ来るんだ。おまえらだってほんとうはわかってるんだろう、と。

思いを寄せて参った者。だが、その思いが思慕だとは限らない。もっとべつの薄暗い感情なのか。それとも嫉妬か憎悪か。はたまたさらに根深く、得体の知れないなにものか。

――だが、それでもいい。

ふたたび風が吹いた。

三人の男は、微動だにせず立ちつくしている。顔を覆った白布がはためいた。ひらりと揺れたかと思うと、次の瞬間には風に遠くさらわれていた。

男たちの相貌があらわになる。

それは八木橋自身の顔であった。

だが彼はすこしも驚かなかった。そっくり同じ目鼻立ちをした四人の男たちは顔を見あわせ、無言で目を見かわしあった。

やがて彼らは、揃ってうすく微笑した。

校舎を一歩出ると、雨の日特有の湿っぽい空気が頬にまとわりついた。

灰いろの雲が空を塞いでいる。だが、さいわい降ってはいない。傘はロッカーに置いてきてもよかったな、とすこし後悔しながら晶水は歩きだした。

しつこい残暑もすっかり抜け、静かに秋が深まりつつある。

予報では、あと数日雨がつづくそうだった。晴れ間が覗く頃にはきっと、掛布団を一枚増やさなければいけない気温になっているだろう。

いつものルートで帰るべく横断歩道を渡りかけ、ふと思いなおしてきびすをかえした。

常とは違う景色の道をたどる。

住宅街を抜け、英語塾を通りすぎ、新築アパートの建つ角を曲がったところで、晶水はぴたりと足を止めた。

まず目を射たのは、黄いろのビニールテープだった。

そしてそのまわりを取りかこむ、黒山の人だかり。

警察が張る『現場立入禁止』のしるしだ。イエローテープで入り口を封鎖されているコンビニエンスストアの看板は、青と緑の二色である。店舗のやや後方には、そびえ建つ大学の学部棟らしき影が見える。

愕然《がくぜん》と、晶水は立ちすくんだ。

――まさか、この店でなにか。

野次馬が邪魔でよく見えない。試しに爪さき立ってみたが、群集が多すぎる。

しかたなく「すみません」「ちょっと通してください」と声をかけ、人波をかきわけて前へ出た。

広い駐車場の向こうに、ファミリーマートの店舗が建っている。すがめた目を、瞬時に見ひらく。

山江壱の姿が見えた。店のガラス越しではあるが、間違いない。

反射的にテープをくぐりかけ、晶水は見張りの警官に制止された。

「ちょっときみ、だめだよ。現場検証中」

「でもあの、中に知り合いが」

押し問答していると、壱のほうで彼女に気づいたらしい。店のドアをあけ、駐車場を横ぎって駆けてくる。

イエローテープを挟んで、ふたりは向かいあった。晶水を制止していた警官に「すみません、ちょっとだけ」と壱が頭をさげる。

しぶしぶ警官が身を引くと、壱は声をひそめて、

「ごめん石川。おれ目撃者のひとりだから、これから警察署で調書とか取られるみたい。ばあちゃんに遅くなるって言っといて」

と片手で拝んでみせた。

「どうしたの。なにがあったの」

なかば呆然と晶水が訊く。

壱がすこし顔をしかめた。

「……宮代みちるさんだっけ。あの女の人が、品出し中の八木橋さんをいきなり刺したんだ」

晶水は息を飲んだ。

声のトーンを落とす。

「それで、八木橋さんは？」

「咄嗟におれが割って入ったんで、刃は脇腹《わきばら》をかすっただけ。さっき刑事さんが話してるの聞いたけど、知り合い同士のいざこざってことになるから、刑事事件になるか民事で示談か微妙なとこみたい」

店舗から、あたふたと警官が走り出てくるのが遠目に見えた。

どうやら壱を追ってきたようだ。彼の肩に手をかけ、「困るよきみ、戻って」ときつい口調でうながす。

「あ、すんません」

おとなしく頭をさげて、

「んじゃ石川、ばあちゃんに連絡頼むな」

警官に連れられるようにして、壱がテープのはるか向こうに去っていく。

晶水はその背中を、なすすべなく見送った。

翌日の朝刊には『コンビニで女が刃物を振りまわす』という数行のべた記事が載った。加害者も被害者も、ともに実名報道はされていなかった。

「知人男性を刺そうと刃物を持ち出した疑い。両者の間には、以前よりいさかいがあったとみられる」

と、痴情のもつれを匂わすような文面であった。

8

八木橋が山江家を訪れたのは、翌週の午後だった。

「傷の具合はどないですの」

千代の言葉に、

「かすり傷ですから。いやあ、そちらのお孫さんのおかげです」

と、壱をちらりと見やって八木橋は苦笑した。

額と左頰に大仰な絆創膏《ばんそうこう》を貼っている。刃がかすったという脇腹は、さすがにシャツに隠れていて見えなかった。

「宮代さんというお嬢さんはどうなりましたの？　まさかまだ拘置されているなんてことは」

「いえ」

八木橋が首を振る。

「とっくに釈放されました。でもまだ取り乱しているそうで、短期ですが入院措置となったようです。こちらは被害届は出さないことにしました。彼女の親御さんと話しあって、治療費だけ負担してもらうことで決着です」

「入院って……だいじょうぶなんですか」

晶水が問う。

八木橋はそれには答えず、

「これではからずも、彼氏につづいてのカップル入院というわけだ。と言っても、もちろん病院は違いますがね」

とうすく笑った。

いやな笑いかただった。晶水の胸の端が、ぴりっとささくれた。

千代が訊きなおす。

「彼氏って、前にいらしたときにも話に出た人ですわよね。確かええと、小椋さんとか。その人もいま入院してはりますの？」

「ええ。でも彼のほうは、ちょっとばかり特殊な病院なんです」

思わせぶりに八木橋は言葉を切って、

「――アルコールや薬物依存症専門の、格子つきの治療病棟ですよ」

と言った。

「前にもお話ししたとおり、ぼくは彼とせっせと男同士の親睦を深めてましたから。ぼくのアパートで、彼はいろいろ打ちあけてくれましたよ。どうやら彼はビール二杯で口が軽くなるたちらしくって」

得々と八木橋は語りだした。

約二年前から小椋は、アルコール依存症の治療中であったという。

この病は基本的に完治はしないと言われている。強い飲酒欲求と、ほぼ一生戦いつづけねばならない。

飲みはじめたならどうしても自制心がうすれるため、一滴たりとも口にしない覚悟が必要であった。ことに小椋の場合は主治医から、

「また飲むようになったら、そこで人生終わりだと思ってください」

ときつく釘を刺されていたという。

もともとは、小椋は酒に弱いほうだったらしい。

アルコールに溺れたのは、研究室の担当教授とそりが合わなかったせいだ。小椋が苦手に思う以上に、教授は彼がどうにも気に入らなかったようだった。

研究発表のたび、小椋は教授にちくちくといびられた。細部の不備をあげつらわれ、手際が悪い、声がちいさい、愚図、のろま、と皆の前で罵《のの》しられた。

ほかの学生ならば笑って許されるはずのささいなミスでさえ、小椋の場合はねちねちと一時間にもわたって叱責された。

そんな日々がつづき、五箇月目にとうとう小椋の心は折れた。

朝起きて研究室に行かなくてはと思うたび、どっと全身から汗が噴きだし、手足が震えるようになったのだ。

しまいには玄関ドアの前に立つたび、足がすくんで涙がこぼれてくるまでになった。

だがそれでも彼は大学に通いつづけた。

そうしてある日、小椋は気づいた。

飲み会の深酒が抜けきらず出席した日は、教授のいびりをある程度は余裕をもって聞き流せる、ということに。

　翌週から彼は、一杯ひっかけてから研究室に向かうようになった。

　小椋は酔うと明るくなり、気が大きくなるたちだった。アルコールさえ入っていれば、教授の嫌味もさして気にならなかった。

　最初はビール程度だった。しかし次第に強い酒となっていった。

　恋人のみちるが気づいたときには、すでに小椋はしらふでは大学構内に足を踏み入れることさえできない体になっていた。

　そこまで語って、八木橋は吐息をついた。

「彼を説きふせて、医者に連れていったのは宮代さんだそうです。それどころか、診断書をもとに休学手続きをとってやったのも彼女らしい。その間、小椋さん本人は依存症にどっぷりなのをいいことに、ぼけっとしてただけだそうでね」

　誤解しないでください。これは小椋さん本人が認めていた話ですよ——と、彼は一同に肩をすくめてみせた。

「約一年後に退院し、小椋さんはリハビリがてら、大学近くのあのコンビニでバイトをはじめました。そして恋人である宮代さんも、それに付き添うかたちで働くようになった」

　八木橋が目を細めた。

「いまならわかります。なぜ宮代さんがいつもあんなに人あたりよく、常ににこやかだったか。もちろん小椋さんの治療が順調だった、というせいもあるでしょう。だがそれ以上に、彼女は彼の心を安定させておきたかった。だからあんなにいつも笑顔だったんだ。彼に『だいじょうぶだから、安心だから』と言い聞かせるための、サインでもあったんですよ。あの表情は」

「でもその笑顔は、あなたにとっては不必要なものだったのよね」

静かに千代が言った。

「そうです」

八木橋はうなずいた。

彼は小椋を一人暮らしの部屋に招待し、「まあ一杯」、「すこしだけならいいでしょう」となだめすかして飲ませた。ほろ酔いの彼から事情を聞き出したあとは、さらにひんぱんに酒の席へ誘うようになった。

「面白いほどたやすく陥落しましたよ」

八木橋は笑った。

宮代みちるに隠れて彼は小椋を部屋へ誘い、飲ませつづけた。

小椋がふたたび重度の依存症に陥るまでに長くはかからなかった。みちるがそれと知ったときには、すでに手遅れだった。

「彼女はぼくを呼びだし、なぜあんなことをしたのかと問いつめました。ぼくはまともに答えず、彼女を嘲笑《あざわら》い、わざと挑発した。——そのあとどうなったかは、もうご存知ですよね」

「ええ」

八木橋の台詞に千代がうなずく。

晶水も知っていた。そして、手にとるようにわかった。

宮代みちるは八木橋を恨んだ。憎み、呪《のろ》った。そうして自暴自棄になり、「なにもかも台無しにして。あなたのせいだ」と刃を持って八木橋のいる店へ走った。

「小椋さんは次にいつ退院できるか、いつ社会復帰できるかも不明だそうです」

そう八木橋は言い、

「でもね、大事なのはそこじゃない。そんなところじゃないんです」

と顔じゅうで笑んでみせた。

「ぼくを刺したときの、彼女の顔——。能面のように青白い、まったくの無表情でした。あれこそ〝彼女〟だ。ぼくが夢の中でいつも見ていたのと、まるきり同じ顔でしたよ」

長い沈黙が落ちた。

千代が問う。

「あなたはそれで、満足されはりましたの?」

「ええ」

「ほんとうのほんとうに、それがあなたの望んでいたものだと思わはります?」

「ええ、もちろん」

一点の曇りもない笑顔で、八木橋は答えた。

その瞬間、ようやく晶水は既視感の正体を悟った。

——ああ、そうだ。

武内だ。晶水の母に恋慕し、つきまとい、しまいに命を奪っていった男。八木橋の笑みは、あの男のそれにひどくよく似ていた。

ひとりよがりの幸福だけを追う者特有の目つき。得手勝手な執着を恋にすりかえ、かつその感情に酔いしれてはばからない者だけができる笑顔。

「では、長ながとお相手してくださってありがとうございました」

八木橋が腰をあげた。

「ほんとうは最後にもう一度『夢見』をしていただきたいんだが……だめでしょうね」

「ええ」

千代が首肯した。

「どうぞ、お帰りください」

「そうします」

苦笑して、彼は立ちあがった。

階段へつづく障子戸に向かおうとする八木橋を、

「すみません、ちょっといいですか」

と晶水が呼びとめた。

怪訝そうに、八木橋が振りかえった。


「イチ。石川の手、どしたの」

拓実の言葉に、机に突っ伏してうとうとしていた壱が、「え？」と寝ぼけ顔をあげる。

三時限目が終わってすぐの休み時間だった。廊下からかん高い笑い声が響く。どこからか、あまり巧《うま》くないピアノの音が聞こえてくる。

拓実は首を傾げて、いま一度訊いた。

「さっきすれ違ったら包帯巻いてたからさ。怪我？」

「あー……あれはね」

壱はしばし言いよどんで、

「――ちょっと、男の顔面をぶん殴ったもんで」

と、口の端で苦笑した。

「思いっきりやったから、石川のほうも手ぇ傷めちゃったんだ。おれが先に殴っときゃよかったんだろうけど、出遅れちゃった」

拓実が目をまるくする。

「ぶん殴った？　顔を？」

「うん。キレーな右ストレートだったよ。相手、鼻折れちゃったみたい。鼻血すごくてさ、その場にへたりこんでひーひー泣いてた」

「そりゃまたご褒美どころか、きっついお仕置きだな」

崇史が真顔で言う。

「なにやらかしたの、そいつ」拓実が訊いた。

「ま、いろいろ」

壱が肩をすくめる。どうやら話したくないようだと見てとって、教室の戸口にふと目線をやった崇史が急に声を張りあげた。

「おいイチ、女が呼んでっぞ」

「えっ、石川？」

てきめんに声を弾ませた壱に「いや、バレー部の神林」と崇史が抑揚なく言う。ああ、というう顔つきになって壱は立ちあがった。

「悪《わ》りぃ。ちょっと行ってくんね」

「モテるねえ」

「そんなんじゃねーって」

拓実の台詞に彼は首を振って、

「おれね、トリモチ役なの！」と言った。

崇史が眉根を寄せる。

「栃餅？」

「違う違う。なんだっけ、仲立ち？　仲人《ナコード》？　なんて言ったらいいかわかんないけど、間に入る人！」

とにかく行ってきます、と言って彼が教室を飛びだしていく。

その背中を見送って、

「……浮気か」

「浮気だな」

「あとでC組に言いつけに行こう」

と残されたふたりは顔を見あわせ、うなずきあった。

校門前の銀杏《いちょう》並木が風に揺れて、はらりと黄いろい葉をひとつふたつ落とした。

第三話　てのひらの卵

1

長い長い土手を、彼は歩いていた。

河原には青あおと若草が茂り、その向こうでは澄んだ川面が陽光を反射してきらめいている。

春が来ればいちめん菜の花が咲き誇り、視界いっぱいをあざやかな黄で埋めつくす河原であった。花のさかりのあとは緑が萌《も》え、夏前にはさらにその色を濃くする。

ふだんならば犬を散歩させる少女や、ウォーキングする老夫婦、はたまた自転車で家路をたどる高校生たちで人通りは絶えない。

だがいまは、誰の姿も見えなかった。

見わたす限り、無人の景色がそこにあった。こそりとも音がしない。人の笑い声や車のクラクションはおろか、空をゆく鳥の声すら聞こえなかった。

彼は、女を背におぶっていた。

女が誰かは知らない。顔もわからない。ただ女だということと、ずしりとした重みだけが確かだった。

重い。まるで石のような重さだ。

だがなぜか、おろそうとはすこしも思えなかった。どこの誰とも知れぬ女を背負い、彼はひたすらに道を黙々と歩きつづけた。

河原に彼はふと目をやった。丈の長い草の間にピンクいろのなにかが覗いたからだ。しかしその正体を知るやいなや、慌てて彼は顔をそむけた。

まともに見はしなかった。が、なにかの動物の死骸《しがい》だということだけはわかった。若草の合間に、なまなましい肉の色をさらして転がっている。気づけば、あちこちにも点々と肉片が散っているようだ。

彼は足を速めた。

一刻も早く、この場を立ち去りたくなっていた。ついさっきまであれほど牧歌的だった風景が、瞬時に不吉ななにものかへ変貌を遂げていた。

視界の隅で、肉片がひくひくと痙攣《けいれん》している。生きている。まだ命の名残りをとどめている。

目をきつく閉じ、逃げるように彼は土手をまっすぐに駆けぬけた。

突きあたりの石段をおりる。

ふたたび景色が一変した。

目の前に、古びた商店街があった。二階屋で一階が店舗、二階が住宅になっている型だ。錆びたトタンの庇《ひさし》が前へ突きでている。色褪《あ》せた幟が、頼りなく風に揺れている。

——ああそうだ。

彼は思う。

この商店街の一角に、女の家があるのだ。そこへ送り届けるため、自分はこの女をおぶって長い道のりを歩いていたのである。

眠っているのか、背の女は微動だにしなかった。

いつの間に陽が落ちたのだろう、商店街の背景が夕焼けで赤い。はじめて来るはずなのに、奇妙にノスタルジックな眺めだった。

商店街は昭和の匂いを色濃く残していた。木の電柱に、たわんだ電線。丸型の郵便ポストにびっしりと赤錆《あかさび》が浮いている。

彼は足を止めた。

女の家があった。布団の打ちなおしを謳った看板の横に、ひっそりと建っている。

途端に頭上から、ぴいぴいとけたたましい声が降りそそいだ。この世界ではじめて聞く、自分の足音以外の音だ。

顔をあげる。屋根庇の上に、つばめの巣が見えた。

彼の目線からつばめの姿は見えない。枯草や枝でできているのか、巣は茶みがかった灰いろをしていた。ぴいぴいうるさいのは、餌《えさ》をせがむ雛だろうか。

ふいに、女が背で身じろぎした。

――うるさい。

低く女は言った。

――見てよ、勝手につばめが巣をつくっちゃったの。ああうるさい。うるさくてしょうがない、ねえあんた、あれを早くどこかへやって。

でも、と彼は反駁しかける。

かわいそうだ、だの、どうしていいかわからない、という言葉が喉もとまでのぼってくる。

しかし女はぴしゃりと、

――さっさとして。

と彼の声を封じ、それきりむっつりと黙りこんだ。

しかたなく彼は腕を伸ばした。爪さき立っただけなのに、なぜか容易に庇の上へ手が届いた。

巣を持ちあげる。同時に、なにか白いものがすべり落ちるのがわかった。

あ、と思った瞬間にはもう遅かった。

——卵だ。

急いで手を差しのべた。だが指の間をすり抜けるようにして、卵は硬い地面へ落下した。ぱしゃん、と弾けるような音がかすかに響いた。

彼は眉をしかめた。

卵の中では、どうやら雛が育ちかけていたらしい。まだ羽毛のない赤裸の雛鳥が殻を失い、どろりとした液体にまみれてアスファルトに横たわっていた。

目を安らかに閉じた表情が、人間のようで思わずぞっとした。

彼が立ちすくんでいると、

——殺しちゃいなさい。

背の女が、静かにそう言った。

——どうしようもないわ。もう卵の中へは二度と戻せないんだもの、早く踏みつぶして、楽にしてやりなさい。

と。

彼はためらった。そんな、ひどい、と思った。だが女の言うことにも一理ある気がした。

確かにもう二度と、誰もあの安穏な殻の中へ戻せはしない。無事に孵化《ふか》させることは不可能なのだ。だったらいっそ、ひとおもいに楽にしてやるのが慈悲ではないか。

一歩、彼は前へ踏みだした。片足をあげる。

だが靴底がアスファルトへおろされる前に、ぴぃぃ、とかん高い声が空気を裂いた。彼は視線をさげた。

赤裸の雛鳥が、くちばしをいっぱいにあけていた。悲鳴のようにも、渾身の抗議のようにも見えた。

くちばしの奥に、踊るピンクの舌が見えた。

女が彼の肩を叩く。なにしてるの、早く殺しなさい、と苛立たしげに急《せ》かしてくる。

だが彼は動けなかった。

雛鳥の口の奥にちろちろと蠢《うごめ》くものは、舌ではなかった。腕だった。

驚くほどちいさな、しかし意思をもって振りまわされる腕だ。先端に、肉豆《ニクズク》のような五本の指が閃いている。

――赤ん坊の手だ。

彼は悟った。

雛ではない。人間の赤子の腕であった。

その瞬間、たとえようのない恐怖の波が襲ってきた。彼は身をふたつに折り、その場で激しく吐いた。口からどろどろと黒い泥のようなものが流れ出てくる。止まらなかった。いつ果てるともなく嘔吐はつづいた。

吐いて、吐いて、吐きつづけているのに呼吸が詰まることはなかった。

内臓が腐って溶け流れているのではないかと思うほど、ごぼごぼごぼ、と汚泥は奔流のごとく喉の奥からほとばしりつづけた。ねっとりとどす黒く、まるでコールタールを吐きだしているかのようだ。

ふと、彼は動きを止めた。目を見ひらく。

自分の口から、なにかが突きでているのが見えた。

嘔吐物にまみれていたが、それはほんのりと赤かった。血の赤。生命の赤だ。むっちりとした肌の質感がわかった。関節のくびれが映った。そいつは生きて、蠢いていた。赤ん坊の手足だった。指さきの、桜貝のような爪までもがはっきり見えた。

彼は悲鳴をあげた。だが、声にならなかった。

——おれはいま喉から、赤ん坊を吐きだそうとしている。

得体も正体も知れぬ赤子は彼の喉を通して、いまにも生まれ出ようとしていた。背負った女の爪が、肩に食いこむ。

女がささやく。

——だから言ったのに。

だから殺しちゃいなさいと言ったのに。おお、いやだいやだ。汚いこと。

侮蔑《ぶべつ》に満ちた声が鼓膜に響く。

彼は無音の叫びをあげ、身をよじった。女を振り落とそうとした。だが女はいっそう彼にきつくしがみつき、手足をからませ――。

そして、目が覚めた。

彼はひとり寝床にいた。室内は夜闇と静寂に包まれていた。

掌に、ずきりと痛みを感じる。己の爪で傷がつくほどにきつく握りしめていたのだと、否応なしに悟らされる。

ゆっくりと上体を起こした。

立てた両膝の間に顔を埋め、彼は胃の腑から絞りだすような、深い深い吐息をついた。

2

晶水が覗きこむと、体育館はすでにシューズの底が床と擦《こす》れる「きゅっ、きゅっ」という音で満ちていた。

今日は水曜なので、コートは男子バスケ、男子バレー、卓球部、ダンス部が使用している。

スペースに限りがあるため、ローテーションで使わなくてはいけないのはどの学校でもきっと同じだ。女子バレーとバスケ、バドミントン、新体操部等は、今日は外周まわりや筋トレをやらされているに違いなかった。

晶水は壁にもたれ、男子バスケ部の練習に目を向けた。

三人で走りながらパスをまわし、ときにフェイクを織りまぜ、レイアップシュートを連続で決めていくという練習だ。いわゆるスリーメンというやつで、晶水自身も過去に幾度となくこなしてきた練習メニューである。

飽きるほど、と言いたいところだが、当時は不思議と飽きることはなかった。それどころか、練習でボールを扱えるというだけで嬉しかった。

なにしろ体育館が使えない日はランニングや坂ダッシュ、フットワーク等の地味できつい練習しかできないのだ。体育館コートでボールが触れる曜日は、放課後の部活動が楽しみでしかたなかったものだ。

――ま、そんなのもいまは遠い話だけど。

ひとりごちながら、男子三人のパスまわしを眺める。脇に整列して順番を待つ、ジャージ姿の部員たちをざっと見わたした。

あれ、と晶水は思った。

列の中に、あのひときわ小柄でちょろちょろ動く影が見えない。おかしいな、今日も練習に出るって言ってたのに、と彼女がいぶかしんでいると、

「あれ石川、そっち見学？」

と背後から声がした。

振りかえる。と、あけはなした外扉の向こうから、ジャージ姿の壱がきょとんと覗きこんでいた。

「……山江、なにしてんの」

「なにって、来週ハンドボール部の助っ人するから、試合前の打ちあわせ。今日は外コート使用の曜日なんだ」

と親指でネット裏のコートをさす。

そうなんだ、と言いかけて晶水は言葉を飲んだ。壱に隠れるようにして立っていた女子生徒が、体をずらしてひょこっと顔を出したからだ。

神林佐紀だった。

「山江くん、じゃわたし行くね」

「おー、じゃな」

手を振って駆けていく佐紀に、壱も手を振りかえす。彼はすぐさま晶水に向きなおって、

「石川もハンド部、観に来る？」

と満面の笑みで言った。

なぜか反射的に、

「いい」

と晶水は首を振っていた。

見学してもどうせハンドボールは詳しくないし、それどころかルールすらろくにわからないし、と内心で言いわけする。

そのとき、まるで助け舟のように体育館コートから、

「イチ！」

と鋭い声がした。

葛城だ。センターラインから彼は壱を手まねいて、

「五分でいいから、クリスクロスだけやってけよ。一年坊がまだ動きかたのコツがわかんないみたいでさ。おまえがいると、みんなつられて動くから」

と言う。

男子バスケ部は去年ちょっとしたごたごたがあり、主要メンバーがごっそり抜けてしまった。今年入った部員も初心者が多く、さしもの面倒みのいい葛城も少々苦労しているらしい。

壱はにっと笑って、

「さっす！　んじゃ五分だけ」

と片手を挙げた。手早く脱いだジャージを
「ごめん、持ってて」と晶水に預け、小走りにコートへ入る。

クリスクロスとは同じくスリーメンで、コートに8の字を描くように走りながら、ボールが必ず中心に来るようパスまわしをする練習である。

パスのタイミングと曲線の動きを体で覚えることが目的で、これに慣れるとパスまわしだけでなく、オフェンスの切りこみに幅が出ると言われている。

三人がコートのエンドラインに並んで立つ。ボールを持ったのは真ん中の壱だ。

笛の音と同時に横へパスを出し、同時にレシーバーの背後へ走りこむ。次のパスを受けるときは前へ走り出て、パスを放ったらまた後ろへ回る。

さして難しい練習ではないのだが、ひとり速い者がいると、ほかのふたりもついつられて速くなる。

速い曲線の動きというのは意外に脚へ負荷がかかるため、自然と8の字が歪み、パスがもたつく。

それをうまく壱が誘導し、レシーバーが不必要に近くなったり、はたまた遠くなったりするのを、パスの強弱を加減して向こうのエンドラインまで運んでいく。

「うーん、やっぱおまえがいるとスムーズにいくなあ」

すこしだけくやしそうに葛城が言う。

壱がにっかり笑った。

「いやあ、おれってムードメーカーっすから。なんて言うんですか、〝みんなをなごませるマスコット的存在〟みたいな」

「うわ、むかつく」

葛城がべしっと彼の頭を叩いた。

思いのほかいい音がして、部員たちがどっと湧く。その笑いを背に壱は輪を離れて、晶水のもとへ戻ってきた。

「ごめん石川、ありがと」

「あ、うん」

伸ばされた手に、ジャージを差しだす。

「あ、イチ。ちょっと待った」

慌てたように、葛城が駆け寄ってきた。

怪訝な顔をする壱に、長身をかがめるようにして彼がささやきかける。

「……おまえんちのおばあちゃんて、まだ例のアレ、やってるか？」

晶水は思わず彼をまじまじと見つめた。

「まあ、受けられるときは受けてるみたいっすけど」

さらりと、だが慎重に壱が答える。

アレとはもちろん、山江千代がやっている家業のことだ。葛城自身も梅雨の頃、客として山江家を訪れたという経緯がある。

壱がじっと彼を見た。

言いにくそうに葛城は髪をかきあげると、

「じつはちょっと——話を聞いてやってほしいやつがいるんだよ」

と声をひそめて言った。


「どうも、はじめまして」

葛城のクラスメイトだという男子生徒は、所在なさそうに身を縮めて頭をさげた。

「おれ、北畠《きたはた》と言います。すみません、いきなりお邪魔しちゃって」

ひょろりと背ばかり高く、三年生にしては華奢《きゃしゃ》な体つきの少年だ。とくに美形というわけではないが、女のようにおとなしやかな顔立ちである。

見慣れぬ家で初対面の人間ばかりに囲まれているせいか、やけにおどおどしている。せめて葛城がついて来ればすこしは違ったのだろうが、あいにく予選を再来週にひかえた彼は、いまは部活が最優先であった。

「まあ、そないに堅くならずに。なにも怖いことはありませんから」

千代が微笑んだ。

今日の彼女は柿いろの結城縮《ゆうきちぢみ》だ。夏の間さげられていた簾《すだれ》や風鈴はとうにはずされ、格子窓からはやわらかな秋の陽が射しこんでいる。

「葛城さんのお友達だそうね。以前、彼もこの家へ来たことがあるのんよ」

「ええ、はい。そう聞きました」

妙にしゃちほこばって北畠が答える。

彼の手もとには座椅子とお揃いの籐製のコースターが置かれ、その上ではジャスミンティーのグラスが汗をかいていた。

山江家にはコーヒーを飲む者がいないのだそうで、当然アイスコーヒーもない。グラスで飲むものといえば水か麦茶か、千代の好きなハーブティーのたぐいだ。

「いまお茶請けを切らしてて、ごめんなさいね。チョコレートかドライフルーツくらいならありますけど」

「いえいいです、おかまいなく」

頭と手を同時に振って、北畠が大げさに遠慮する。

晶水は壱と並ぶかたちで、彼のななめ向かいに座っていた。そうとう緊張しているらしく、北畠のシャツの襟もとは汗で濡れ透けている。湿った前髪が、ぺたりと額に張りついていた。

北畠はふうっとあらためて吐息をつき、

「──あの、こちらで夢判断をしてくれる、と聞いたんですが、ほんとでしょうか」

おそるおそる、といったふうに問うてきた。

「まあ、当たらずとも遠からず、といったところですわねえ」

千代が笑った。

「ということは北畠さん、怖い夢をみますのね？」

「あ、ええと」

すこし返事に迷ってから、

「……はい、そうです」

と彼はうつむいて言った。

「高三にもなって夢に怯《おび》えるなんて、と思います。子供じゃあるまいし、馬鹿みたいだと自分でもわかってるんです。それでも最近、眠るのが怖くって。ベッドに入る時間を伸ばし伸ばしにしてるんですが、それでもついうとうとするのは止められないし、ちょっとした居眠り程度でもやっぱり同じ夢をみるんです」

吐きだすように、ひといきに言う。

グラスに手を伸ばし、彼はジャスミンティーをぐっと呷《あお》った。

「どんな夢なんすか」

壱が訊いた。

北畠はかすかに顔を歪め、

「怖い夢……というより、気味悪い夢、かな」

と言った。

老女のほうへ首を向けて、

「夢の中でおれはいつも、知らない女をおんぶして歩いてるんです。歩いているうちにだんだんまわりの景色が不気味なものになっていって、なんだかいやだな、と思いはじめた頃、気づくとおれは、ある家の前に立っています」

「それは、いつも同じ家ですの？」

千代が問う。

北畠はうなずいた。

「はい。古い商店街の一角にある、庇の上につばめの巣がある家です。背中におぶってる女がそれをどかせと言って聞かないので、おれはしかたなく巣を撤去しようとします。でも、その巣から卵が転げ落ちて——そこから夢が、どんどんおかしくなっていくんです」

彼は語った。

割れた卵の中に、孵化寸前の雛がいたこと。女が「殺して楽にしてやれ」と言うので、彼自身もその気になり踏みつぶしそうになること。だが雛の口の奥から人間の赤ん坊の腕が覗いて、途端に怖気をふるってしまうこと——。

「おれが背負ってる女はどうも、なにもかも承知してるらしいんです。その上でおれに命令してる。でもおれはわけがわからなくて、気持ち悪くて、その場で吐きはじめる。そしたらおれの口の中からも、にゅうっと赤ん坊が腕を突きだしてくるんです」

「まあ」

千代が袂《たもと》で品よく口を押さえた。

「では夢のキイワードは『背中の女』と、『赤ん坊』ですわね。孵化寸前の雛というのも、もしかしたら赤ちゃんの隠喩《いんゆ》かもしれません」

目を細めて、

「北畠さん、あなた生まれる前か、もしくは生まれたばかりの赤ちゃんに関して、なにか心あたりはないですかしら。とくに夢をみるようになった前後あたりに、なにかあったんやないかと思うんですけれど」

と問う。

しばし、北畠は顔を伏せていた。やがて彼は絞りだすように、

「じつを言うと……あります」

と、押しころした声で言った。

ぎゅっと膝の上で拳を握り、いっそう身を縮める。

「でも——でもそれがなんで、あんな夢につながるのかさっぱりわからないんです。確かにびっくりしたし戸惑ったけど、べつに悪感情なんか持っちゃいないのに。せいぜいが近所にちょっと気恥ずかしいってくらいで、おれはそんな、べつに」

「先輩」

壱がさえぎった。

彼を抑えるように、掌を前に突きだして、

「先輩落ちついて。深呼吸しましょう。ゆっくり、できるだけゆっくり。長く吸って、吐いて。吐くほうをなるべく意識して」

うながされるまま、おとなしく北畠は深呼吸を繰りかえした。

どうやら過呼吸になりかけていたらしい。白っぽくなっていた顔に、ゆるやかに血の気が戻りはじめる。

晶水は手を伸ばし、切子細工のティーボトルから彼のグラスに冷たいお茶を注ぎ足した。

がぶりと北畠がグラスを呷る。畳に両手を突き、しばし荒い息を吐く。

そのまま一同は数分待った。

人心地がついたのか、ようやく北畠が顔をあげる。まだ頬は白っぽいようだ。だが呼吸は平常に戻っていた。

「……すみません、よその家で、こんな」

「いえ、いいのよ」

千代が言った。

「夢の話をしているうち、取り乱しはる方はけっしてすくなくないの。四十五十過ぎた部長さんやら専務さんが、声をあげて泣きだすことだってありますよ。わたしら、そういう商売ですからなにも気にしないで」

この子らも、けしてよそで他言なんかしませんからご安心を——と、彼女は脇にひかえた壱と晶水をつと振りかえった。

しばらく北畠はもじもじと膝を動かしていた。

言おうかどうか、いまだ迷っているらしい。だがやがて、意を決したように彼は口をひらくと、

「この話が、ほんとうに悪夢と関係あるかはよくわからないんですが」

と前置きして、低い声で話しだした。

「先月のことです。夕飯前に呼ばれて居間におりると、テーブルに両親がめずらしく揃っていて『話がある』と言われました」

言いにくそうに唇を歪め、

「それがその……『おまえに妹か弟ができるぞ』ってことだったんですよ」

と、早口で言いきった。

「おれは長いことひとりっ子でした。おれ自身はべつにきょうだいがほしいと思ったことはないし、そういうもんだと思って生きてきました。でも母親はそうじゃなかったらしくて、〝二人目不妊〟とかいうのをずっと思い悩んでたんだそうです。つまりおれの知らないとこで、長年不妊治療をやってたらしいんですよ。で、その努力の甲斐あって、十八年ぶりに、ついに妊娠した、と……」

「それはそれは、おめでとうございます」

と千代は言ったが、すぐに目を細めて、

「でもあなたにとっては、おめでたいだけの話でもないのね」

と言った。

北畠が首を振る。

「いいえ、違うんです。どう説明していいかわからないんですが、あの、おれだってべつに嬉しくないわけじゃないんです」

唇を噛み、うつむいた。

「そりゃ近所や友達に対して恥ずかしいって気持ちはあるけど、下にきょうだいができること自体はいやじゃないし。どっちかというと妹だったらいいな、くらいのことは思ってるんです。でも」

「でもその直後あたりから、例の夢をみるようになったんやない？」

「そうです」

彼はうなずいた。

「夢は、さっきも言ったような内容です。おれは女を背負ってる。どこの誰だか心あたりのない女で、母でないことは確かです。つばめの巣のある家に連れていかれて、そこで落ちた雛を踏み殺せと言われる。おれは気分が悪くなって、吐いて、そしたら赤ん坊が、赤ん坊が

――」

北畠が口を押さえた。その下で、喉がぐうっと鳴る。肩が小刻みに震えだす。

千代が身をのりだし、彼の手を握った。

そのままの姿勢で、彼の震えが止まるまでじっと待つ。

「わかりました。じゃあ、あなたの夢にいっしょに〝入って〟みましょう」

微笑みを崩さずに、そっと北畠の顔を覗きこんだ。

「すこしばかりこの家で眠ってもらうことになりますけども、よろしいかしら。だいじょうぶよ。わたしもいるから、怖いことはありませんせん」

「……はい」

北畠が泣きそうな顔で、こくりと首を縦にした。

3

布団に横たわった北畠と千代は、またたく間に眠りへ落ちていった。

いつものとおり壱が彼らの枕もとにしゃがんで待機し、その横に晶水が座るかたちである。

ふたりを起こさぬよう、晶水は小声でささやいた。

「孵《かえ》らなかった雛に、腕だけの赤ん坊。……確かに気味の悪い夢だけど、北畠さんの反応って、ちょっと過敏すぎないかな」

　はたして過呼吸を起こすほど怖い内容だろうか、といぶかしむ彼女に、壱がひょいと肩をすくめた。

「まあそりゃ、怖いものなんて人によってさまざまだしさ。夢は記憶とか知識とか深層意識を整理してくれる便利ソフトだけど、悪夢ってのはまた、そん中からよりすぐりの怖いやつを拾いあげてくるんだよね。でもそれって個々の記憶と経験にもとづいてるもんだから、そいつにとってはすごーく怖いけど、他人が聞いたらべつになんてことない、ってのはめずらしくないわけ」

「あ、なるほど」

　晶水はうなずいた。

　そういえば以前、美舟と雛乃が「子どもの頃、海が怖かった」と言いあっていたが、晶水には最後までぴんと来なかった。なにを怖いと思うかは、過去の経験や積み重ね、そして各々の感性によるところが大きいのだろう。

　壱が言葉を継いで、

「中でも繰りかえしみる悪夢っていうのは特別でさ。脳味噌と心がうまく折り合いつかないときに出る、えーとなんつーか、データのバグみたいな感じ？」

と言った。

「バグ、ね」

晶水はちいさく復唱した。

「じゃあ心がバグると、どうなるの」

「それも、人それぞれ」

短く壱が答える。

「長いこと表面に出ないこともあるし、急激に悪化していくこともあるよ。かと思えば、ある程度のとこで止まる人もいる。でもバグがひとりでに消えることってないから、なんかしら早めに対処したほうがいいのは確か」

彼はそこで言葉を切ると、

「そろそろかな」

と、千代と北畠を覗きこんで目をすがめた。

「おれ〝入る〟ね。石川もいちおう上で待ってて。いい？」

「うん」

差しだされた手を、ぎゅっと握りかえす。

体温が伝わり、じわりと熱が掌に沁みたときには、もう意識が下降しはじめている。目の前で気泡のような、ゼリー状の透明な楕円がいくつも浮かんでは弾ける。その楕円をいくつも見送った果てに、足の爪さきがガラスの床につく感触があった。

かかとをおろす。床越しに、下の世界を眺める。

初夏の景色がそこにあった。

長い川がせせらいでいる。河原に生い茂る草が風になびいている。堤防の土が盛られ、その上をひょろりと長身の少年が歩いていく。

きっとあれが北畠だろう、と晶水は思った。

彼は女をおぶっていた。

女の顔は見えない。若いか年寄りかもわからない。千代の姿は見えないが、北畠のすぐそばについているはずだ。

彼が石段をおりる。その途端、舞台の書き割りを換えたかのように、がらりと景色が一変する。

さびれた商店街を、彼は歩いていた。背の女が誘導しているのだろうか、足どりに迷いはない。

その歩みが止まると同時に、ぴいぴいぴい、とけたたましい声が空気を震わせた。

晶水は思わず顔をしかめ、耳をふさいだ。

どうやら鳥の雛が鳴いているらしい。やけに大音量の、しかも神経に突き刺さる声だった。ガラスを爪でひっかく音にもどこか似ている。

晶水は眉根を寄せたまま、透明な床に膝をついた。頬にかかる髪をかきあげ、夢の世界を凝視する。

北畠が体を折るようにして、激しく咳《せ》きこんでいるのが見えた。

いや違う、と晶水はすぐに己の考えを打ち消す。咳きこんでいるのではない。あれは、嘔吐しているのだ。

彼の足もとに、どろどろとどす黒い油のようなものが溜まっていく。みるみるうちに、濁った池をつくりだす。

背負われた女が、しきりに彼の肩を殴っている。北畠は抵抗しない。ただうつむき、いいように撲《ぶ》たれているだけだ。

女がなにかわめいている。笑っている。だがなにを言っているかまでは聞こえない。鳥がうるさい。耳をつんざくような、金属音にも似たぴいぴいという鳴き声が、世界のすべてを塗りつぶしてしまう。

うるさい。うるさいうるさい。

鼓膜が破れる。神経がささくれ立つ。気が狂いそうだ。

「山江！」

思わず叫んだ。

しかし自分の声すら聞こえない。つばめの雛にかき消されてしまう。

「山江、戻って！」

もう一度叫んだ。

――いま戻れないと、たぶんまずい。

そんな予感があった。夢の中だというのに、全身がひやりとした。

ふいに、眼前に大きな気泡が浮かんだ。瞬時にぱちん、と弾ける。晶水は思わずのけぞった。その腕を、誰かが摑むのがわかった。

否応なしに引きずりあげられる感覚ののち、世界が一瞬白くなった。

はっ、と目をあける。

晶水は慌てて首を曲げた。

敷布団の上では、上体を起こした北畠がしきりに目をこすっていた。千代はほつれた鬢の毛をかきあげ、壱はいたわるように祖母の肩へ手をかけていた。

視線に気づいたのか、突然ばっと壱が振りかえった。

「石川、さっきはありがと！」

「え？」

「鳥がぴぃぴぃ、四方八方《シホーハッポー》からすんげえうるさくてさ。平衡感覚なくなりかけたけど、石川が呼んでくれたからどっちが上かわかった。マジでありがとう。助かった」

そう言いながら、膝立ちでにじり寄ってくる。顔を覗きこまれる。

虹彩の大きな、やけに真っ黒い瞳が目の前にあった。

晶水は思わずたじろぎ、

「え、ううん、いいけど」

ともごもご答え、目をそらした。

――この眼、苦手だ。

内心でつぶやく。

嫌いなわけじゃないけど苦手だ。なんだか心の底の底まで見透かされそうな気がする。自分でも直視したくないなにものかまで、へいきで引きずりだされてしまいそうな強い視線だった。

うう、と誰かの呻きが聞こえた。

肩越しに見やる。北畠がいまにも吐きそうな顔をして、喉もとを押さえていた。慌てて晶水は彼のそばに寄った。

「先輩、ここ」

制服のスカートをひろげる。

「気分悪いなら、ここに吐いちゃってください」

北畠が目をまるくした。

「いやそんな……だめだろ」

「中学んときも、練習中に具合悪くなった後輩にやらせたことあります。遠慮しないでください。洗えばいいだけだから、だいじょうぶです」

すくなくとも布団に吐かれるよりは、スカートのほうが何十倍も被害がすくない。

しかし北畠は首を振って、

「いや、あの、だいじょうぶ。いま驚いたせいか、気持ち悪《わ》りいのひっこんだみたい。ごめん。ありがとな」

と弱よわしい笑顔を見せた。どうやら本心のようだとみて、晶水はスカートを摑んだ手をおろした。

北畠は目じりに滲んだ涙をぬぐうと、

「あのう、さっきの夢で、なんでか急に思いだしたんですが」

と千代に向きなおった。

「どうやらおれ、ずっと前に、軒先につばめの巣がある家に住んでたことがある……みたいです。夢の中の家とそっくり同じじゃないけど、雰囲気はたぶん似てました。古くて、細長い二階家で……」

顔いっぱいに、戸惑いが浮かんでいた。

額に手をやり、うろたえたように首を振る。

「おかしいですよね。こんなこと、なんでいままで忘れてたんだろう」

「そりゃあ、人間の脳味噌は優秀ですからね。覚えていないほうがいいことは、奥の抽斗にしまって表に出ないようにしといてくれるのよ」

なだめるように千代は言い、

「思いだしたのはそれだけ？」

とやんわり先をうながした。

北畠がごくりとつばを飲みこみ、うつむいた。

「おそらく半年くらい、おれはその家にいました。そうだ、母が病気で、入院して――うちは祖父母がいないので、親戚の家に預けられたんだ。父親は仕事で毎日帰りが遅いからおれの面倒をみるのは無理だって言って、小学校にぎりぎり通える伯父さんの家に頼みこんだんです」

「伯父さんということは、つまりおとうさんのお兄さんかしら」

「そうです。伯父さんもあまり家にいない人で、おれの世話をしてくれたのはもっぱら伯母さんでしたけど。……いまのいままで、預けられてたことすら忘れてました。半年も居候してたのに、なんでだろう」

「それ以後、お盆やお正月に伯父さん伯母さんと会うことはあれへんかったの？」

「法事のときに一、二度だけ。でもおれは親といっしょにいたんで、とくに会話もしませんでした。いま思うとひどい恩知らずですね、おれ」

北畠は汗ばんだ頬を、何度も手の甲でぬぐった。

記憶が急によみがえって混乱しているらしい。シャツは襟もとだけでなく、いまや背中まで、水をかぶったように汗でびっしょり濡れていた。

千代が問う。

「その家に預けられていたときのこと、思いだせます？」

「寂しかった、ってことだけは。近くに友達もいなかったし、もちろん両親もいなかったから、おれはいつもひとりでした。あの頃はまだ十歳になったばかりで、誕生日もクリスマスもひとりで過ごさなくちゃいけなくて……」

北畠の顔がくしゃっと歪んだ。

いまにも泣きだしそうだ。片手をあげて、こめかみをきつく押さえる。

「ひょっとしておれ、生まれてくる赤ん坊に嫉妬してるんでしょうか。病気のせいとはいえ、両親にしばらく放置されてたことを心の底で恨んでるのかな。なに不自由なく愛されて生まれてくる子を妬《ねた》んでる、とか」

上目づかいに千代を見やる。

「山江さんも、そう思いますか。あの夢は未来の弟か妹に対する、おれの無意識の悪意のあらわれってことなんでしょうか」

眉を吊りあげて詰めよる北畠を、

「さあ、どうでしょうね」

と千代は軽くいなした。

口の両端を持ちあげ、やわらかく微笑む。

「でも今日の夢見は、きっと呼び水になるでしょうよ。これからあなたはもっと、たくさんのことを思いだします。そらもう、わたしが保証しますよ」

「そう……なんですか」

毒気を抜かれたように、北畠は呆《ほう》けた声を出した。

「ええ」

千代がうなずく。

「――ほしたら、またおいでなさいな」

4

「北畠先輩から、連絡あった？」

「んーん、あれっきり音沙汰なし」

晶水の問いに、あっさりと壱は首を振った。

その日もふたりは北校舎にいた。よどんだ埃っぽい空気が、あけはなした窓から吹きこむ風にさらわれていく。

壱は購買で買った棒アイスを横ぐわえに、窓枠にのってしゃがみこんでいた。本来ならあぶなっかしいはずの姿勢だが、絶妙のバランスで微動だにしない。

「残念、はずれだ」

アイスの棒から覗いた〝は〟の文字を見て壱がつぶやく。

眺めるともなしに彼をぼんやり見ていた晶水が、ふっと口をひらいた。

「前から思ってたけど、山江って手ぇ大きいよね」

「うん、おれ手足でかいの」

壱がにかっと笑う。

小柄な体軀に似合わず彼は掌も、靴のサイズも大きい。均整がとれていないというほどではないが、そのせいでデフォルメされたアニメのキャラクターじみて、なんだかコミカルに見える。

壱がアイスの残りをかじって、

「脚が太い仔犬はでかくなるって言うじゃん？　あれと同じだよ。うちの親父は高一くらいまでチビで、そのあと急に伸びたんだってさ。だからおれもすぐ石川よりでっかくなるんで、安心して」

「なんでわたしが安心すんの」

反射的にぴしゃりとやってから、晶水はつづく言葉に迷った。

だがそれも一瞬だった。いいや、訊いてしまえと覚悟を決め、頭に浮かんだ問いをそのまま口にする。

「――山江のおとうさんて、どんな人だったの」

「え？　うーん」

壱が数秒考えこむ。首を傾げて、

「じつを言うと、おれもよく知らないんだよね。ガキの頃死んだからってだけじゃなくて、じいちゃんと親父が仲悪かったみたいで、みんなあんまり話したがんないんだ」

と言った。

「でも親父、でき、な、か、っ、たらしい」

「え？」

晶水が訊きかえした。

壱は正面を見つめたまま、

「だからさ、ばあちゃんやおれができるようなこと、できなかったんだって」

と繰りかえした。

その言葉を、晶水は胸の内で反芻する。

壱や千代ができること。つまり、あの家業を継ぐに足る能力がなかった、ということか。

壱がひょいと窓枠から飛びおりた。柱に背をもたせかけて、

「そのせいで親父、じいちゃんとあんま仲良くなかったっぽいよ。孫のおれにはさいわい遺伝したけどさ、親父にしてみたら――」

そのとき、軽快な音が彼の言葉をさえぎった。

壱がポケットを探る。どうやらメールの着信音らしい。壱が携帯電話の液晶に目を落として、

「あ、神林からだ」

と言った。

晶水の胸が一瞬、ちくりと疼《うず》く。

女子バレー部なのに、小柄で可愛らしい神林佐紀。くりっとした二重の目と上向き加減の鼻が、近ごろ売り出し中のアイドルにすこし似ている。背丈も顔立ちも、壱と並ぶと違和感なくしっくり来る女子生徒だ。

「メール、見ないの」

「いいよ、だいたい内容わかるから」

短く答え、壱が携帯電話をポケットにしまう。

食べ終えたアイスの棒をごみ箱に放ってから、彼は晶水をくるりと振りかえった。

「これ、内緒な」

顔を寄せ、低くささやく。

つられて思わず晶水も「うん」と息を飲んだ。

「――じつはさ、体育館の使用権をめぐって、いま球技部の間でかなり揉めてんだ」

真面目な顔で壱が言う。

思いもよらない台詞だった。一瞬、晶水は返答に詰まった。

だがすぐに気をとりなおして、

「揉めて……って、でもそれを決めるのは学校側でしょ。春先に部長会をやって、その結果をみて一年間の部費とか使用権を決定するはずじゃない」

「もちろんそうなんだけどさ。ほら、女子バレー部って三年がごっそり引退して、いまかなり部員少ないじゃん？　一部の顧問から『その人数じゃどうせじゅうぶんな活動なんてできないだろ。だったらほかの部にもっと使用権を譲れ』って、けっこう強硬に言われてるみたい」

晶水の脳内で、ふいに蜂谷崇史の声が再生された。

「あいついま、トリモチだかトチモチだかの役やってるらしいぜ」と彼がC組まで言いに来たことがある。そのときは「なに言ってんの」とてきとうに流したが、ようやくその言葉が彼女の中で意味をなして響いた。

「それで、山江が取り持ち役ってわけ？」

「そう。立場上、おれがいちばん蝙蝠《こうもり》できるから」

晶水の問いに、壱がにやっと笑った。

「どこの部とも仲いいけど、結局どっからも他人だもんね、おれ」

と肩をすくめてみせる。

「ま、結局は女子バレー部にちょっと譲ってもらうことになるだろうけどさ。無理やり追いだすようなことになんないよう、その落としどころを探ってる段階なの。でも肝心の女子バレー部のキャプテンが、けっこうナンブツで」

「乾物？」

一瞬、パックの昆布だの椎茸《しいたけ》だのが頭に浮かぶ。

「違う。えーとね、めんどくさい人ってこと」

壱が首を振って、

「ああ、難物ね」

納得して晶水はうなずいた。

壱も首を縦にして、

「そう。まわりからやいのやいの言われすぎて、どうも意地になっちゃってるみたい。まあここまでの流れをみたら無理もないんだけどさ。だからそのキャプテンにいちばん可愛がられてるっていう神林を通して、いま交渉してるとこなわけ」

「そうなんだ」

ぼんやりと晶水が相槌を打つ。

「うん。だからさっきのメールも、交渉の進捗《しんちょく》具合のおうかがいと、その返事。でもどうせまだ朗報《ローホー》じゃないから、急いで見る必要ねえの」

「……そっか」

ほっと晶水は息を吐いた。

なぜほっとするのか自分でもわからなかった。が、胸につかえていた氷の塊はいつの間にか消えていた。

壱がいま一度にっと笑って、

「アイス食い足りねー。石川、帰りコンビニ寄ってこうぜ」

と言った。

「ごちそうさま」

晶水が箸を置く。

「うん」

父の乙彦がうなずく。

この父はどういうわけか娘の「いただきます」や「ごちそうさま」、「あ、痛っ」などの声にいちいち「うん」と返事をするのが癖なのである。

テストが近いこともあって、夕飯はかんたんに済ませた。

定食屋『わく井』名物の炒り豆腐と鯖《さば》の味噌煮に、ほうれん草のおひたしを添えただけの手抜きメニューだ。しかもおひたしは、先日茹でてジップロックで冷凍しておいたものである。

長盆に皿を片づけながら、

「ねえ、おとうさんっておじいちゃんと仲良かった？」

と、ふと思いたって晶水は訊いてみた。

「いや、あんまり良くなかったな」

膝の本に視線を落としたまま、乙彦はなかばうわのそらで答える。

「怖い人だったからね、こっちの顔さえ見れば説教してきたし。『成績だけ良くても生活不能者じゃどうにもならんぞ』って、飽きもせず同じことばかり言ってたよ」

「そう」

晶水はうなずき、長盆を手に席を立った。

正直なところ、祖父の気持ちは理解できた。

いまでも乙彦は変人だが、幼児期は輪をかけておかしな子供だったらしい。知能指数は抜

群でも、文字は鏡文字しか書けず、自分の立てた予定が一分でも狂うと呼吸以外のすべての行動を放棄し、

「毎日違うものを食べるなんて気持ち悪い」

と学校給食をかたくなに拒んだため、特例で弁当持参を許されていたという。級友たちは彼をいじめるどころか、気味悪がって半径一メートル以内に近寄ることすらなかったそうだ。

祖母と伯母たちが、

「この子はお勉強のほうに才能をぜんぶとられちゃったのね。そのせいで生活する才能がないんだからしょうがない」

とあきらめ半分で献身的に世話してくれたおかげで、なんとか無事に成人できたようなものである。

その後は妻の水那子《みなこ》と出会っていくぶん矯正され、水那子の死後は父親の自覚が生まれたのか、亀の歩みでじりじりと成長しながら現在に至る。

最近ではようやく抽斗からひとりで靴下を出して穿けるようになった。いまは「財布に金がなくなったら、自力で補充する」段階にチャレンジしているところである。

その程度でも本人は妙な自信がついたらしく、

「おとうさんはそのうちひとりでも生きていけるようになるから、アキは安心してお嫁に行っていいんだぞ」

などといきなり言いはなち、晶水を返事に困らせることもしばしばだ。

待望の末っ子長男がこれでは、祖父はさぞかし困惑したことだろう。説教のひとつも垂れたくなった気持ちがよくわかる。

——でもうちと、山江の家とでは事情が違う。

それどころか、きっと真逆と言ってもいいほどに異なるはずだ。

とびきり優秀だが最後の最期まで祖父を心配させつづけた乙彦と、遺伝するはずの能力をなぜか受け継がなかったという、壱の父親と。

シンクに汚れた皿を置く。蛇口をひねる。

勢いよく流れだすお湯を眺めながら、晶水はぐいとTシャツの長袖をまくった。

5

北畠がふたたび山江家を訪れたのは、その四日後のことだった。

わずかな間に、彼はげっそりとやつれてしまっていた。痩せたというほどではないが、顔いろが悪い。肌がかさついて、目がどろりと濁っていた。

ああ、寝てないんだな、と晶水は思った。

つい半年前、彼女自身がこうだったからよくわかる。夢をみるのが怖くて、眠くて眠くて体は悲鳴をあげているのに寝られないのだ。

「あれから、夢の内容が変わりました」

目をしょぼしょぼさせながら、北畠は言った。

「ちっともよくなってません。むしろ……むしろ、悪化してます。これが山江さんの言った〝呼び水〟の結果なんですか?」

と彼は、恨むような目つきでじっとり千代を見あげた。

だが千代は顔いろひとつ変えず、

「どんな夢をみるようになりましたの?」

とあっさり問いかえした。

北畠がわずかに口ごもる。

「……前半は、同じです。女をおぶっておれは歩いてる。でも例の家に着いた途端、おれの背中で女がなにかわめいて、めちゃくちゃに暴れだすようになったんです」

千代が首を傾げる。

「その女の人が誰かは、まだ思いだしはりませんの?」

「思いだすもなにも、知らない人ですよ」

北畠が苛立たしげに答えた。

膝の上で拳を握って、

「ともかく、夢の中でおれはその女をなだめようとします。でも女はぎゃあぎゃあ騒ぐばっかりで、どうにもなりません。いい加減もてあましはじめた頃、女がおれを指さして、言うんです」

「なんて言うの」

千代がうながした。

北畠が目を伏せて、

「よく聞こえないんだけど、おまえのせいだ、とか、おまえがそんなんだからいけないんだ、みたいなことです。おれはぎょっとして、女を振り落とそうとします。でも女は離れなくて、おれは怒鳴ろうと口をあけるんだけど、声が出なくて――」

絞りだすように彼は言った。

「そしたら、おれの腹の奥から、赤ん坊がせりあがってくるんです。それだけじゃない。ばりばりと体を食い破って、鳥みたいな鳴き声をあげながら生まれてくるんだ。そこへ狂ったみたいに笑う女の声が重なって、世界が真っ暗になって——それで、やっとおれは夢から覚めます」

千代が言った。

「つらいでしょうね。長いこと、ちゃんと眠れていないでしょう」

「はい」

北畠が額を押さえた。

「でもつらいのは、それだけじゃなくて」

「じゃなくて？」

「……起きている間もおかしくなってきたんです、おれ」

頬を歪めて彼は言った。

「怖いんです。あの夢のせいで、赤ん坊が怖い。あんなものを腹の中に入れている母親のことも気味悪くなってきて、この前なんか、思わず……」

「どうしましたの」

「母を——階段から、突き落とすところでした」

苦しげに彼は呻いた。

「ここから落としたら流産するかな、ってふっと思ったんです。そしたらやりたくてやりたくて、たまらなくなって。すんでのところで我慢しましたが、もしまた同じことが起きたら、次は衝動に耐えられる自信がないです」

おれ、いったいどうなっちゃったんでしょう――と、泣き笑いのような彼は言った。

誰もその問いに答えられる者はいなかった。

北畠がゆっくりと掌で顔を覆った。

「怖いんです。自分が自分じゃなくなっちゃったみたいで。おれは、こんないやなやつじゃなかったはずなんだ。でも、こっちがほんとうの姿なんでしょうか。まさかあの夢は、おれの本性を呼び覚ますためのものなんですか。山江さんが言った呼び水っていうのは、そういう意味だったんですか」

彼は言葉を切った。つづく罵倒《ばとう》を、無理に飲みこんだのがわかった。北畠が何度もかぶりを振る。夢にもこんな自分にも、ほとほと嫌気がさしたというふうだった。

長い静寂ののち、

「わかりました」

と千代が言った。

「どうやら思った以上に、奥に怖いものが隠れてはるようね。じゃあもういっぺんだけ、いっしょに入ってみるとしましょう」

すうと指をあげ、彼女は隣の寝間をさし示した。

二度目の『夢見』は、千代だけでなく壱も晶水も同時に潜ることになった。

ただし晶水だけはガラスの床の上で待ち、夢の世界と彼らを、頭上から俯瞰《ふかん》で透かし見る。

北畠の言葉どおり、途中までは前回と同じ流れだった。

彼は女を背負って長い土手を歩いていく。突きあたりの石段をおりると同時に、景色は古くさびれた商店街へととって代わる。

ふいに、どこからか音が聞こえだす。

鳥の声だ。次第に大きく、高くなり、耳を聾《ろう》するほどに鳴り響く。だが前のときとははっきり違う。

以前はぴいぴいぴい、と金属音にも似た、鼓膜をつんざくような声だったはずだ。でもこれは違う。もっとやわらかく、どこか弱よわしい。

ほにゃあ、ほにゃあ、とまるで仔猫のような——。

いや、と晶水は打ち消す。

これは猫ではない。

赤ん坊だ。人間の赤子の声であった。

いったいどこから聞こえてくるんだろう、と耳を澄ます。聴覚に集中しながらもガラスの床にかがみこみ、じっと北畠の夢を凝視する。

北畠は女をおぶったまま、軒先のつばめの巣に手を伸ばしていた。

巣から白いものが転げ落ちる。卵だ。ぱしゃん、と水風船の弾けるような音とともに殻が砕ける。

卵の中身が、アスファルトの上にまろび出た。

だがそれは、鳥の雛ではなかった。胎児だった。

夢みるように目を閉じ、まるく縮こまっている。まだ生まれてはいけない月齢なのか、末端のあちこちが不確かだ。なのに声だけは一人前に、ほにゃあ、ほにゃあと存在を主張するかのように張りあげている。

北畠の右脚が、震えながら動いた。

スニーカーの靴底を、いまにも赤子の上へおろそうとしている。踏みつぶすつもりなのだ、と晶水にもわかった。

――その子は、誰？

ものやわらかな声がした。

千代だ。

晶水はほっとした。驚いたように、北畠が棒立ちになる。

――その子は誰やの。なぜあなたは、赤ちゃんにそんなことをするの。

――だって。

おずおずと北畠が答える。

――だって、生まれてもしょうがないから。だからせめて、楽にさせてあげなくちゃ。

――どうして？　その子は、あなたの妹か弟やないの？

千代が問う。

違う、と彼は首を振った。

違う。違う。これは、この子は。

――なぜひどいことをするの。せっかく生まれてこようとしてるのに。

――だめなんだ。生まれちゃだめだ。ぼくにはせめて、この子を早く楽にしてやる責任があるんだ。

――責任って、なんの。

北畠が口をあけた。血のように真っ赤な口腔《こうこう》が覗いた。

彼は叫んだ。

「だってこの子は、ぼくの――」

そのときだった。

突然、彼の背で女が弓なりに大きくのけぞった。赤ん坊が泣きつづけている。その声へ、きぃいぃ、とヒステリックな悲鳴が重なって反響する。

なにを叫んでいるかまでは聞きとれなかった。ただ女はめちゃくちゃに手を振りまわし、わめきながら北畠を何度も殴りはじめた。

背に、首に、後頭部に、華奢なこぶしが打ちおろされる。

彼は顔をそむけ、逃れようと首をそらした。

しかし女の攻撃はやまなかった。背から振り落とすべく、北畠が身をよじる。女がいっそうきつくしがみつく。

鉤爪《かぎづめ》のように曲げられた五本の指が、ぎりっと北畠の喉に食いこんだ。一瞬、彼の動きが止まった。

北畠は身悶えた。体を左右に振る。だがその動作はひどく緩慢だった。

女の指がぎりぎりと彼を絞めつけている。あがいていた北畠の腕が、やがて力を失い、だらりと落ちる。

瞬間、彼の横へ仄白い影が走った。

壱だった。女の襟首を掴み、ぐいと後ろに引く。女の上体が宙を泳ぐ。

女は両脚を北畠に巻きつけようとした。が、寸前で振りほどかれた。女が地に片足をつく。すかさず壱がその足を蹴り払う。

女は短い悲鳴をあげ、アスファルトに倒れこんだ。その姿が、煙のようにふっとかき消える。

北畠が咳きこみ、体を折った。

彼を壱が抱きかかえる。

「石川、お願い！」

壱が腕を伸ばしてくるのがわかった。

応えるように、ただ無心に晶水は前のめりに利き腕を差しだした。ガラスの床を突き抜ける。ずぶ、と半身が沈む。

手を握りかえしてくる感触があった。ほとんどなにも考えず、晶水は渾身の力で彼らを引きずりあげた。

目を見ひらく。

壱がかかえているのは子供だった。十歳かそこらの少年だ。顔を真っ赤にし、身をよじって泣きじゃくっている。

その瞬間、世界が弾けた。

6

「すみません。――すみません」

晶水が目覚めたとき、すでに北畠は嗚咽を洩《も》らし、あらぬ誰かへとしきりに謝りつづけていた。

夢の中の少年とそっくり同じ泣き顔だ。過ぎ去ったはずの七、八年の歳月をその面からかき消すほどに、彼は身も世もなく啜り泣いていた。

「思い、だしました」

彼は呻いた。

「思いだしたんです。なにもかも、ぜんぶ――」

そして、彼は語りだした。

小学四年生の春から秋にかけて、彼は伯父の家に預けられていた。軒先につばめが棲《す》みついた、細長い借家であった。

預けられたきっかけは、母の手術だ。

入院期間そのものは一箇月ほどだった。しかし退院してすぐの家事や、子供の世話はむず

かしい。家政婦でも雇うかと両親が話しあっていたところへ、

「よろしければ、うちでしばらく預かります」

と申し出てきたのが伯母だった。

彼女は父の実兄の妻、つまり父にすれば義姉である。

父と伯父の家にはその頃、生活水準にはっきりと格差が生まれつつあった。伯父はギャンブル狂だった。稼ぎはけして悪くなかったが、彼は家庭に金を入れることよりパチンコや競艇をいつも優先した。

それで困窮するのは、むろん伯父の自業自得である。とはいえふたりきりの兄弟だ。父は伯母に苦労ばかりかけることを申しわけなく思い、つねにどこかで心苦しさを感じていた。

そうして彼は、

「妻の入院中と退院後の療養期間、息子を預かってもらう。代わりにそのぶんの生活費はもちろん、謝礼もじゅうぶんにお支払いする」

と伯母に約束した。

謝礼というのは口実だ。内実はただの生活援助であった。

だが父としては「これで息子の面倒をみてもらえる上、こちらの罪悪感もぬぐえる」と、肩の荷がおりた気分であった。

父に連れられてはじめて伯父の住まう借家の前へ立ったときのことを、ぼんやりと北畠は思いだせる。

「なんだか、BSの昔のドラマに出てくる家みたい」

と少年は感想を抱いた。

まだ幼い彼に、そんなふうに思うのは失礼だなどという概念はなかった。そのときの感覚はかたちを変え、夢の中で〝古びた商店街〟となって再現された。

その家で約半年、少年は孤独に過ごした。

かろうじて伯母はやさしかった。が、同年代の子供は近所にひとりもいなかったし、伯父はといえばいつも遅くに喰らい酔って帰ってきた。

伯父だけではない。ほかの大人も怖い人ばかりだった。

いま思えば、あまり治安のよくない地区だった。昼間から酒臭く、千鳥足の男がめずらしくなかった。道端で怒鳴りあったり、殴りあったりもしょっちゅうだった。

おのずと彼は学校から戻るやいなや、部屋に引きこもるようになった。

「学校から借りてきた本が面白くて、早く読んじゃいたいから」

と伯母には言いわけした。たまに会いに来てくれた父へも、不満はいっさい洩らさなかった。

子どもというのは、大人が思う以上にまわりへ気をつかう生きものだ。彼はなんでもないふうを装い、静かに孤独を深めていった。

そんなある日、唐突に彼の世界はひらけた。

長いこと県外に出ていたという隣家の娘が帰ってきたのだ。彼女は明るく、あけっぴろげで人なつこかった。

歳は十六か十七だ。だが高校へは行っていなかった。

「おばさん、おばさん」

とやけに伯母になつき、少女は毎日のように家へ入りびたった。そんな彼女と北畠が仲良くなったのはごく自然のなりゆきであった。

「今日お金あんのよ、ごはん連れてったげる」

「うち来てゲームやんない？」

「ひっさびさにモバゲーはじめたけど、やっぱ新しいのはついてけないわ。あんた、代わりに経験値稼いでよ」

そんなふうに誘われれば、彼だって悪い気はしない。

気づけば少女の言いなりに、北畠は伯父の家と彼女の家をごくあたりまえに行き来するようになっていた。

しかし蜜月はあっという間に終わった。

そのときのことを、いまも北畠は断片的にしか思いだせない。

かろうじて覚えているのはただ、部屋でテレビを観ていたら少女が横からさかんにちょっかいを出してきたこと。とくに拒否せずにいると、いきなりのしかかられ、服を強引に脱がされたこと。自分の腹の上で汗まみれで動く彼女が、やけに獣《けもの》じみて見えたこと。それだけだった。

以後、ふつりと彼は女の家へ行くのをやめた。

話しかけられてもあいまいな返事しかせず、なるべく避けて過ごすようになった。伯母からは「どうしたの、喧嘩でもしたの」と声をかけられたが、

「べつに」

と平坦に答え、やりすごした。

両親がようやく迎えに来てくれたときは、心の底からほっとした。思わず母に抱きついて泣きだしてしまった彼に、

「寂しくさせてごめんね、ごめんね」

と母も泣いた。

彼の涙のほんとうの意味を理解する者は、その場にひとりもいなかった。

自宅へ帰り、もとどおりの生活を取りもどすと記憶は次第に薄れていった。一年も経つと、伯父の家へ預けられていたこと自体が夢だったのでは、といぶかるまでになっていた。

そんなある日、

「病気もすっかりよくなったし、伯母さんにお世話になったお礼を言いに行きましょう。全快祝いもお渡ししなくちゃいけないし」

と北畠は母に声をかけられた。

彼はしぶったが、「そんな恩知らずなことを言わないの」と無理に連れだされた。

一年ぶりに訪ねる伯父の家は、記憶と寸分違わなかった。古く狭い借家の門構えも、軒先のつばめの巣も変わっていなかった。

薄暗い廊下も、居間にひっそり座る伯母も、そして――わがもの顔でその横に居座る、あの少女も。

ただひとつだけ違う点があった。少女は、腕に赤ん坊を抱いていた。

ほにゃあ、ほにゃあと仔猫のように頼りない声で赤子はしきりに泣いていた。彼女は母と伯母の目を盗み、目を細めてささやいた。

「これ、あのときのあんたの子よ」

と――。

ほんとうかどうかはわからない。ただ、からかわれただけなのかもしれない。

ともかく彼女はその後すぐに新しい男を見つけ、そいつにひっついて遠くへと行ってしまった。真相は女とともに藪《やぶ》の中へ消えた。

だが心理的外傷《トラウマ》は、少年に深い爪痕《つめあと》を残した。

己の心を守るため、彼はその記憶を脳味噌のいちばん奥へしまいこんだ。表層的には、彼はそれをきれいに〝忘れ〟た。

呼び覚ますスイッチとなったのは、もちろん母の妊娠だ。

母の通院と入院。受胎。彼自身と血のつながった赤ん坊。いくつも重なったキーワードが、心を激しく揺さぶった。

その日から、罪悪感と恐怖は夢のかたちをとって彼を責めさいなむようになった。

古い街並みと家。おんぶおばけのようにべったりとへばりついて、いまも彼を心のどこかで悩ます女。割れた卵。生まれてはいけなかった雛——。

北畠は顔を伏せ、啜り泣きつづけていた。

その肩にそっと手を置いて、

「でもね、夢の中で背負っていたあの女も、じつはあなた自身なのよ」

と静かに千代は言った。

「あれはくだんの少女の姿を借りてあらわれた、あなたの中の女性性《アニマ》なの。せやから夢の中で、あなたに告白させまいと妨害した。あなたを苦しめながらも一方で守ろうともする、アンヴィバレントな存在なのね」

歌うように、その口調はやさしかった。

「アニマはあくまであなた自身よ。だから首を絞めたのも、あなたをほんとうに殺そうとしたわけではないの。夢の中の死は目覚めにつながりやすいから、性急に覚醒させてうやむやにしてしまうことをあなたの『無意識』はもくろんだのね。でもそれだと夢見がうまくいきませんから、今回はイチに邪魔させましたけど」

荒療治でごめんなさいね、と千代が微笑む。

北畠は掌で顔を覆ったままだ。

歔泣《きょきゅう》が、次第にちいさくなりつつあった。

「わたしはしょせん他人ですよって、言えることはそう多くありません。でも、ひとつだけ言わせてくださいな」

千代が言葉を継ぐ。

「万が一――もし万が一あれがあなたの子だったとしても、あなたがされたことは虐待やし、間違いなくあなたは被害者です。もちろんそこに責任はないし、罪悪感を覚える必要だってないの」

「でも」

北畠が顔をあげた。

両頬がぐしょぐしょに泣き濡れていた。が、目の底にわずかな光があった。

「でも、そんな。でもやっぱり、おれは」

千代はかぶりを振った。

「性的虐待というのは女児だけが被害者だと思われがちですけどね。男児だって、被害に遭うことはめずらしくありません。そして女児だろうと男児だろうと、同じだけ傷つくものですよ」

だからあなたは悪くなんかないの、と彼女は重ねて言った。

北畠の双眸から、涙がぼろぼろとこぼれ落ちる。

「つらかったわね。ほんまは大人がもっと早《はよ》うに『心配いらない、おまえは悪くない』と言ってあげられればよかったのに、ことがことだけに誰にも打ちあけられへんかったのね」

手を伸ばし、千代は彼の背をゆっくりと撫でた。

北畠が畳に突っ伏した。

すべてを吐きだすような慟哭《どうこく》が、寝間の空気をしばし震わせた。

7

真昼のコンビニは、平日だというのに混みあっていた。

ここ数日暑さがすこしぶりかえしたせいか、レジに並ぶ人びとのほとんどがアイスコーヒーの氷入りカップを手にしている。おむすびやサンドイッチが並ぶ棚は、すでに買いつくされてすかすかだ。

美舟が振りかえった。

「アキ、塩レモン飴買う？」

「食べたい。……けど、どうしよっかな」

晶水はすこし考えこんだ。

「買えばいいじゃん。あんた好きでしょ」

「そうだけど、前は部活やってたから、汗かいたぶんの塩分補給って名目があったんだよね。でもいまはそれがないし、うーん、どうしよっかな」

あの日以降、晶水は北畠と直接会っていない。葛城を通して礼を言われたのみである。

だが葛城が言うにはずいぶん落ちついたそうで、弟妹が生まれるのを「楽しみだ」と洩らすまでになったそうだ。

「アキちゃん、こういうのもあるよ。『甘い干し梅』」

雛乃が棚を指さす。

「あ、美味しそう。んー、どうしよっかなあ」

「買っちゃいなって。その程度なら、我慢するほうが体によくないんじゃない」

呆れたように言う美舟の背後で、

「よう、なにしてんの」

と聞き覚えのある声がした。

肩越しに見やると、蜂谷崇史と等々力拓実が棚の向こうで片手を挙げていた。

気のない声で晶水が答える。

「なにって買い出し。そっちこそなにしてんの」

「いや、イチがアイス食いたい食いたい言うからさ、おれらも付きあってガリガリ君かパピコでも食おうかと。ちょうどサンドイッチも三十円引きセール中だし」

と崇史は肩をすくめる。

美舟が苦笑した。

「そろそろアイスの季節じゃなくない？　お腹冷えるよ」

「へーきへーき。あ、そういやそっち三人、こっち三人でちょうど偶数になったじゃん。パピコ、分けあって食わない？」

「いいけど、言いだしっぺの山江はどこよ」

晶水の言葉に、崇史は首をめぐらせた。

「え？　あれ、さっきまでいたけどな」

「表にいるよ。ほら、神林と話してる」

と拓実が店の外を親指でさす。

「ああ」

崇史がうなずいた。

「まだ蝙蝠やってんのかあいつ。ご苦労さんだなあ」

「蝙蝠？　なんのこと」

美舟がきょとんとする。

崇史は頭を搔いて、

「あ、女子バスケ部は知らないのか。まあいいや、忘れて」

「なにそれ。感じ悪いな」

ふたりのやりとりをよそに、晶水はガラス越しに壱と佐紀の姿を目で追った。

壱が身振り手ぶりをくわえてなにごとか話す。佐紀がうなずく。無音の会話がひとしきりつづく。

視線に気づいたのか、壱が晶水を見た。

目がまともに合う。壱がにっと笑い、手を振ってくる。

晶水の反応を待たず、彼は佐紀に向き直った。だが話はそこで終わったらしい。佐紀にもかるく手を振ると、壱は重いガラス戸を押して店内に入ってきた。

崇史を見あげて、

「悪《わ》りい。アイスどれ買うか、もう決めちゃった？」

「まだだ。それよか喜べ。こちらの女子三人が、おれらとパピコをシェアしてくれるらしいぞ」

「マジで？　やった」

なぜかガッツポーズまでとって喜んでいる。

「女子と半分ことか、夢のシチュエーションじゃん。おれそういう漫画みたいなこと、やってみたかったんだよなー」

「だな。やっぱ青春は形から入るもんだよな」

「盛りあがってるとこ悪いけど、おごらないからね。あんたら、ちゃんと半額払ってよ」

美舟が冷静に釘をさした。

一方、店の前に立つ佐紀はいまだ動かない。だから晶水もなんとはなし、彼女から目が離せなかった。

佐紀はじっとガラス越しに壱を見つめていた。

やがてきびすをかえし――去り際の一瞬、はっきりと晶水を睨みつけた。

思わず晶水は息を飲んだ。

先日の説明では、壱はただの部活間の交渉役だと聞いた。そして佐紀は女子キャプテンと彼との橋わたし役のはずだ。それ以上のことはなにもない、という口ぶりだったし、晶水もいったんは納得した。

――でも、やっぱりそれだけじゃないみたいだ。

もやもやと黒雲が胸のあたりで渦を巻く。焦《じ》れて、思わずその場で地団太を踏みたくなる。なぜわたしが彼女にあんな目で見られなくちゃいけないの、と大声で叫びだしたくなってくる。

しかしどう立ちまわっていいものか、皆目見当がつかなかった。

それどころか自分の立ち位置さえあいまいだ。どうしたらいいのか、どうしたいのか、答えが見つからない。

「アキ、なにしてんの。行くよ」

「ああうん、ごめん」

美舟の声に、慌てて振りかえる。

レジ前の行列はいつの間にか途切れていた。ありがとうございましたあ、という店員の明るい声が、どこか空虚に響きわたった。

第四話　白い河、夜の船

1

授業の終わりを告げるチャイムが鳴った。

あちこちで教室の引き戸が開く音がする。数秒遅れて、グラウンドと廊下を中心に、潮騒《しおさい》のようなざわめきが満ちていく。

「石川さん、これ」

頭上からの声に、晶水は視線をあげた。

名簿ですぐ前の、安倍という男子生徒が机のそばに立っていた。晶水と視線が合うやいなや、なぜか彼は顔をこわばらせ、

「明日、日直でしょ。頼むな」

と早口で言い、逃げるように去ってしまった。

背後からくすくす笑いが聞こえてくる。ごくひそかな、でも聞こえよがしの笑いだ。

声の主が誰かはわかっていた。だから晶水は振りむかず、安倍が置いていった日誌を無言で机に突っこんだ。

——まったく、やっとクラスに馴染んできたとこだっていうのに。

あれから神林佐紀はなにを吹きこんだのか、気づけばクラスの女子バレー部全員に晶水は白い目を向けられるようになった。

全員と言っても相手は佐紀を含めて四人でしかないのだが、すれ違うたびにひそひそささやかれ、睨まれ、薄笑いされるのは地味にこたえる。直接の被害はなくとも、すこしずつ心が削られていく。

晶水がわれ知らずため息をつくと、

「気にすることないって、無視してな」

と、ななめ前の席から美舟が言った。

「女バレの話、先輩から聞いたよ。そのことで鬱憤《うっぷん》溜まってるから、手ごろなところでアキにやつあたりしてんでしょ。まあ、神林さんだけはガチだろうけど」

と肩をすくめる。

最後のくだりを晶水は意図的に無視して、

「女子バスケ部はどうなの。コートの使用権、バレー部のぶんもほしいって？」

と尋ねた。

「ううん。うちの顧問は基本的にことなかれ主義だから、使用権争いには参加してない。先輩たちも『そりゃほしいっちゃほしいけど、人からぶんどってまでっていうのは、ちょっとね』って意見で一致してる。だからあたしらは、すくなくとも女バレの敵ではないよ」

まあ味方でもないけど、と言い、美舟は下敷きで顔を扇《あお》いだ。

教室のドアが、がらりと音をたてて開く。

一瞬、クラスメイトの目がいっせいに戸口へ集まった。が、入ってきたのは橋本雛乃だった。なーんだ、という空気が流れ、みな思い思いの会話に戻っていく。

雛乃は足早に、晶水と美舟のもとへ駆け寄ってきた。

ふだんなら集団の視線には臆するはずの彼女だが、今日はそれどころではない、といった様子だ。顔つきが硬い。肩に力が入っている。

「ごめんアキちゃん、トシちゃん。これ、協力してもらってもいい？」

そう言って雛乃が差しだしたのは、ひらたい白い箱だった。

うながされるままに覗きこむ。あざやかな黄いろいリボンが何本かずつ、こよりでていねいに束ねられていた。ぜんぶで百本はあるだろうか、かなりの量だ。

晶水が怪訝な目を向けると、

「……じつはね、うちの近所の子が行方不明になったの」

と雛乃は声を低めた。

「行方不明って？　誘拐《ゆうかい》？　迷子？」

美舟が問う。

まだわかんない、と雛乃は首を振って、

「でも、いなくなったのは一昨日《おととい》の夕方みたい。友達に『ピアノ発表会で着るドレスを見せに行く』って家を出ていったまま、戻らなかったらしいの。七時を過ぎても帰ってこないから、母親が友達の家に電話してみると『うちには来てない』って言われて、慌てて通報したんだって。友達の家はそう遠くないから、たぶん自宅を出てすぐになにかあったんじゃないかってみんな言ってる」

「それは心配だけど……このリボンはなに？」

「あ、これね。イエローリボン」

雛乃が答えた。

「うちの町って過去にも二回くらい、同じように子供がいきなり消えたことがあったらしいのね。確か、十年か十五年くらい前。そのとき町民みんなで木の枝に黄いろいリボンを結んで、いなくなった子が帰ってこれるよう、自宅の半径数キロ内にたくさん結びつけて道しるべにしようって運動をしたらしいの。このリボンは、その当時使ったやつ。今回もまたやってみたらどうかって、当時からいる町議さんが役所の倉庫から引っぱりだしてきたんだ」

イエローリボンはもともとアメリカで、兵士の無事を待ちわびるサインとしてひろまったものらしい。まれにだが、事故などでの失踪《しっそう》者の帰宅を祈るシンボルとしても使われることがあるようだ。そしてそれを知った町議が、すこしでも子供が帰ってきやすいように——と発案したのだそうだ、と雛乃は手短に説明した。

「それでね、警察や役所の許可をとって、こっちの市にもリボンの範囲をひろげていいってことになったの。それでわたしも登下校中に結んでいこうと思ったんだけど、予想以上に手まどっちゃって」

「そっか」

「で、いなくなった子供たちは、無事に帰ってこれたの？」

晶水が問うた。

雛乃はちょっと眉を曇らせて、

「ふたりいなくなったうちの、ひとりは帰ってきたみたい。でももうひとりはいまだに行方不明だって。帰ってきた子はショックで記憶を失くしてたから、手がかりがないんだってうちの親が言ってた」

「そっか」

美舟が顔をしかめ、リボンをつまんだ。

「けど、すくなくともひとりは戻ってきたわけだ。じゃあまったくご利益がないわけでもなさそうだね。これって木の枝に結んどけばいいの？　あたし、十本くらいもらっとこうかな」

「ありがとう」

雛乃が顔を紅潮させた。

「その子、ヒナのよく知ってる子なの」

晶水が訊く。

雛乃はすこしためらって、うなずいた。

「ほんと言うと、よくってほどじゃないんだ。けど、道で会ったら必ずあいさつしてくれるいい子なの。はきはきしてて人なつっこいから、そこを逆手にとられてへんなやつにつけこまれちゃったのかもしれない」

眉根を寄せ、唇を噛む。

晶水はその肩をそっと叩いた。

「まだ変質者の仕業と決まったわけじゃないでしょ。かるい当て逃げにでも遭って、どこかの家で手当てがてら保護されてるのかもしれないしさ」

そう言って箱の中に手を入れた。そのまま、ごっそりとリボンを掴みだす。五本ずつこよりでまとめられているのを十束ほどだから、おそらく五十本にはなるだろう。

美舟が目をまるくした。

「ちょっとちょっと。そんなにいっぱい、今日中に結べないでしょ」

「ううん、たぶんだいじょうぶ」

晶水はかぶりを振った。

「……機動力のありそうなやつ、動員してみるから」


「その子がいなくなったの、一昨日の夕方だって？」

スクールゾーンの標識の柱に黄いろのリボンを結びながら、壱が振りかえった。

「うん。たぶんその頃」

晶水が答える。

彼女の判断はおおむね正解だった。蝶ちょ結びの出来こそ不格好なものの、壱はいたって身軽にあちこち駆けまわり、晶水が一本結ぶ間に三本、四本と結んでしまう。

膝を故障したとはいえ、晶水の機敏さはいまだ平均値よりかなり上だ。その彼女に比べて倍以上のスピードで動けるのだから、推して知るべしの運動能力であった。

手の中のリボンを結び終えて、

「あのさ、石川」

と壱が言う。

「ん？」

「これはあくまで一般論だから、気ぃ悪くしないでほしいんだけど」

らしくもなく、言いにくそうに彼は口もとを歪めた。

「……子供がいなくなるケースって、二日以内になにか手がかりが見つからないと、やばいかもっていうのが定説みたい。それ以上長びくと、生きて戻る確率がぐっと低くなるんだってさ」

晶水がぎゅっと眉間に皺を寄せる。

「やなこと言わないでよ」

「だから最初に断ったじゃん。気ぃ悪くすんなってさ」

「そりゃそうだけど」

晶水は口をへの字にした。

正直言えば、もうすこし反論したい。だが壱の言わんとすることがわかったのでやめた。

要するに、いまのこの努力が無駄になることも、あらかじめ覚悟しておけ――という意味だ。

「あ、向こうはもう結んであるみたい。こっちの通り行こうぜ」

と、壱が横断歩道を渡って駆けだした。

慌てて晶水もそのあとを追う。壱は通りの脇にずらりと並ぶ街路樹を見あげて、

「目印なんだから、できるだけ高いとこ結んどいたほうがいいよな？　おれ、のぼっちゃおうかなあ」

と小首を傾げた。

「え、街路樹の枝ってそんなに丈夫じゃなくない？　折れたりしないかな」

「へーきへーき。おれの体重くらいならいけるでしょ」

「……また体重の話か」

「え？」

「なんでもない」

慌てて晶水は咳ばらいでごまかし、「ぜったい落ちないでよ」と真顔に戻って付けくわえた。

「だいじょぶだって、まかしといて。えっと、どの木がいちばん高いんかな。石川、ちょっと遠くから見てみてよ」

「わかった。待ってて」

晶水は小走りに彼から離れた。歩道ぎりぎりに立って、木々の高さを見比べるつもりだった。しかしその脚が、思いがけずふいに速度をあげた。

むろん以前の全速力には程遠い。だがごく短い距離で、目標を捕まえるにはじゅうぶんだった。

信号が青になるのを待っていたらしい少女が、ぐらりと車道側へ倒れるのが見えたのだ。両の眼でそれをとらえた瞬間、晶水の体はひとりでに動いていた。脳へ伝達するより速く、視神経から直接脚へと電気が走る。理由はなかった。そういうふうに、もはや体が出来ているのだった。

晶水の右腕が、少女の体を抱きとめる。

歩道へ引きずり戻してはじめて、新鞍中学校の制服であることに気づいた。襟に二本線のあるセーラー上衣にボックスプリーツ。それにこの校章。間違いない。

晶水の腕の中で、少女はうすく目をあけ、

「い……、石川先輩？」

と驚いたように言った。

晶水も目を見ひらく。頭蓋《ずがい》の中で脳味噌がフル回転する。記憶が呼び覚まされる。

――この顔、知ってる。

ああそうだ。晶水が三年のときに、鞍中女子バスケ部に入ってきた子だ。

名前は確か、ええと。

「蓼川《たてかわ》。蓼川奈都実《なつみ》……だよね？」

二学年下だった。とくに目立ったところのない、おとなしい子だ。バスケットのプレイスタイルも平均的だった。が、めずらしい姓なのでなんとなく覚えていた。

晶水は彼女の額にかかった髪を指で払い、

「どうしたの、貧血?」

と顔を寄せて訊いた。

奈都実の頬に、途端にぱっと朱のいろが散る。

少女はあたふたと身を起こすと、

「いえ、あの、だいじょうぶです。ただ昨日、よく寝れなかったから。それだけなんです」

と両手を振って、落ちた学校指定のかばんに手を伸ばした。

「でも、顔いろ悪いよ。家どこ。送って行こうか」

「いえほんと、石川先輩にそんなことまでしてもらったら、わたし」

と言いかけた声を、

「ただの睡眠不足じゃないよ、それ」

いつの間にかそばに来ていた壱がさえぎった。晶水の横へしゃがみこむと、無遠慮に奈都実の顔を覗きこむ。

「ね、最近いきなり寝つけなくなったの? それって、理由は自分でもわかる?」

奈都実の目が泳いだ。救いを求めるように、晶水を見る。

しかし晶水は助け舟は出さなかった。

ひらたい声で、壱が追い討ちをかける。

「もしかして、すごくいやな夢みたんじゃない？」

奈都実の肩が、びくりと大きく跳ねた。

壱がふっと吐息をつく。

晶水に向かって彼は言った。

「この子、石川の後輩だよな？　んじゃ、ちょい説得してくんねーかな。……これたぶん、うちのばあちゃんの領域だ」

2

「アキちゃんの後輩？　それはそれは、いらっしゃい」

三人を出迎えた千代は、目じりの皺を深くして微笑んだ。

「あらお嬢さん、気分が悪そう」

「いえ、あの」

奈都実がうろたえて一歩しりぞく。しかし千代はなにも気づかぬふりで、

「ちょうどよかったわ。わたしもいま頭痛がして、ラベンダーとセージのお茶を飲もうと思ってたところやの。お茶はこっちで淹れるから、アキちゃん、棚からなにかお茶菓子をみつくろってあげてちょうだい。それと、人数ぶんのカップもね」

と晶水に首を向けた。

「はい」

奈都実になにか言わせる隙を与えず、晶水もさっさと台所へ入ってしまう。おとなしい奈都実には、この流れを振りきって無理やり帰る勇気はあるまい。

ハーブティー用のポットは千代の手もとにあるらしいとみて、晶水は無地の白いカップを四客出し、ちょっと熱めに設定したお湯であたためた。

茶菓子は奈都実の好みがわからなかったので、無難にパウンドケーキを二種、プレーンと胡桃《くるみ》入りとをひときれずつ銘々皿にのせて出すことにした。

部屋へ戻ると、千代がちょうどお茶の蒸らしを終えているところであった。

「ラベンダーはリラックス効果があるのよ。セージは収斂《しゅうれん》と、抗不安作用があるそうやの。その一杯をゆっくり、時間をかけて飲みほしてね」

「すみません」

奈都実がもごもごと口の中で言う。

「謝るのはあと。さ、まずは飲んで」

甘いものも脳にええから、どうぞ食べてね、と笑顔でやわらかくうながした。

この笑みとはんなりした京言葉と、いたって穏やかな仕草でだまされがちだが、実際はかなり押しの強い老婦人である。

お茶をひとくちふたくち飲んで、奈都実はほっと短い息を吐いた。

上目づかいに、おそるおそる口をひらく。

「すみません。ゆめみやって、どういう――」

「ああ、表の看板を見たのんね」

千代が首肯した。

「言葉そのままよ。わたしら、よくない夢をあなたといっしょにみてあげられますの。と、いきなりこんなん言うても信じられへんでしょうけど、そこのアキちゃんのお墨付きですから、話半分でもいいから聞いといてちょうだい」

奈都実がなにか反論しかけた。が、結局は困惑顔で口を閉ざした。

「先輩、あの、わたし」

救いを求めるべく、仔犬の目つきで晶水を見あげてくる。

「あー、うん。なんていうか、わたしもちょっと説明しにくいんだけど」

と晶水はすこし言葉に迷って、

「でも、この人たちを頼っていいのは確か。そこは、ほんとのほんとに保証する。すくなくとも法外な料金を取ったり、へんな宗教に勧誘したり、印鑑や羽根布団売りつけたりっていうのはないから、そこはわたしに免じて信用して」

とひといきに言いきった。

千代が苦笑する。

「まあ、そういうことやね。アキちゃんもほら、お茶飲んで。後輩の危機だからって、そんな怖い顔しないの」

と少女の背をかるく叩いた。

「あら、後輩ちゃんはもうケーキたいらげてしもたのね。気に入ったならよかったわ。もうすこし食べます？」

途端に、それまで黙っていた壱がびしっと右手をあげた。

「ばあちゃん、おれも食う。おれにも！」

「イチ、あんたはほんとに……」

はあ、とため息をついてから、千代が「ああ」と両手を打ちあわせた。

「そういえば、とっときの栗のテリーヌがあるのよ。めずらしく今日は女の子がいっぱいやし、あけてしまいましょうか。ケーキかてうちの小猿みたいな孫より、可愛い女の子に食べてもらうほうがなんぼか幸せですやろしね」

「ばあちゃん、それってひどくねぇ？」

渋い顔で壱がぼやいた。

そのやりとりに、奈都実の頬がほんのすこしゆるむ。だが少女はまたすぐ硬い表情に戻って、

「つまり夢判断とか、夢占いとか、そういうのをしてくださるってことなんですか？」

と訊いた。千代がうなずく。

「そうね。そんなようなものね」

「しゅ——守秘義務とかって、あるんですか。あの、誰にも言わない、って」

「ええ、もちろん」

あっさりと答える千代に、奈都実は膝の上で組んだ指をもじもじさせながら目を伏せた。

「あのう、最近わたし、へんな夢ばっかりみて、よく眠れないんです。だから夢判断、できればしてほしいんですけど……でも話したら、頭おかしいって言われちゃうかも。だって、すごいありえない話なんです。自分でもへんだって思いますもん。だから病院とか、親に連

絡されるのは、ちょっと——」

「奈都実ちゃん」

静かに千代がさえぎった。

「みもふたもないことを言いますけれどね、中学生の女の子の夢の話を言いふらしたとこで、いったいいなんになります？」

小首を傾げて、そう微笑む。

「あの子は妙な夢をみてた。きっと病気に違いない。入院させろだなんてわめいたら、わたしのほうが『いかれたばばあだ、病院送りだ』と言われておしまいですよ。ね？　あなたがどんな夢をみていようとも、それであなたが責められるいわれはひとかけらもないの」

「でも」

奈都実がくしゃっと顔を歪めた。

「でもそれが——犯罪に関することかもしれなくても、ですか」

「犯罪？」

鸚鵡《おうむ》がえしに千代が繰りかえす。

「それって、どういうことかしら」

そう問いながら、千代はちらりと横の晶水に目くばせした。

晶水が奈都実のそばへ寄り、そっと肩を抱くようにして支える。奈都実はしばらくうつむいていたが、

「あの、まだ大きなニュースにはなってないんですけど」

と目をあげて言った。

「――となり町で、ちいさな女の子が行方不明になったらしいんです」

今度は晶水と壱が目を見かわす番だった。

奈都実が言葉をつづける。

「表だってはみんな、騒ぎにしないようにしてます。でも昨日のお昼過ぎくらいから、町のあちこちに黄いろいリボンが結ばれだしましたよね。あれって、その子が早く帰ってきますようにっていうサインらしいんです」

「うん、知ってる」

晶水が首を縦にした。

「わたしたちもそのリボン、ついさっきまで結んでたとこだから」

奈都実が目を見ひらく。ややあって、晶水の手の中で、少女の肩からすうっと力が抜けていくのがわかった。

先輩、と奈都実は晶水を見あげて、

「……じつはわたし、数日前から、ちいさな女の子がさらわれる夢をくりかえし見るようになったんです」

と言った。

「夢はだいたいいつも同じで、顔のない黒い男が、女の子を抱きあげるところからはじまります。刃物みたいなものをちらつかせて脅して、車に無理に押しこめてました。風に揺れる黄色いリボンも、夢の中で見たんです。これってあの、ひょっとして予知夢、っていうやつなんじゃないでしょうか」

「リボンについては過去にも同じことをしたらしいから、既視感があってもおかしくないいんじゃないかな」

晶水が口をはさむ。初耳らしく、奈都実は息を飲んだ。

「え、そうなんですか」

「わたしもつい今日聞いたばかりなんだけど」

と、雛乃から聞いた話をほとんどそのまま繰りかえした。「そうだったんですか」と奈都実は小声でつぶやき、

「……でも、わたしが昔それを見たってことはありえません」

と付けくわえた。

「どうして？」

「だって十年以上前なら、わたしはまだ他県に住んでいましたから。ちいさい頃ぜんそくの発作があって、空気がいい母の実家にいたんです」

「あらたいへん。いまはだいじょうぶですの？」

千代が尋ねた。

「はい。幼稚園にあがる頃にはだいぶ発作もおさまってましたので、小学校入学を機に父の地元へ来て、こっちで就学しました」

「そう、それはよかったわ」

老女が微笑して、

「では夢の内容を、もうすこし詳しく話してくれるかしら？」

はい、と今度はすんなり奈都実はうなずいた。どうやらだいぶ落ちついてきたらしい。晶水はさりげなく、後輩からすこし体を離した。

「できるだけ、順を追って話します。でも、かなりとりとめがないんですけど」

と前置きして、少女は話しだした。

「まず最初に見えるのは、公園みたいな場所です。男が女の子に話しかけてます。男の顔は、逆光みたいに黒っぽい影になっていて見えません。女の子はたぶん、七歳か八歳くらいです」

七歳か八歳か。覚えておいてあとで雛乃に訊こう、と晶水は内心でつぶやいた。

「そしたら男が急に腕を伸ばして、女の子を抱きあげるんです。女の子がいやがって暴れると、男はナイフみたいな光るものを出して……それで、女の子はおとなしくなります。男は女の子を車に無理やり乗せます。黒っぽい、四角い車。すみません、わたし車にくわしくないので、それ以上のことはちょっと」

かすかに奈都実はくやしそうな顔をした。

千代が問う。

「あなたはそれを遠くから見ているの？　それとも近く？」

「近く、だと思います。車の中で泣いている女の子も見えます。それから、場面が変わって、女の子が顔を真っ赤にしてなにか怒鳴っています」

「なんて怒鳴っているの」

「わかりません。声は聞こえないんです。そういえばこの夢の中で、音ってなにも聞こえてきません。口はぱくぱく動いてるんだけど、し一んとして、テレビをミュートで観てるみたいな感じ」

自信なさそうに奈都実は千代を見あげた。

「ええのよ、つづけて」

「はい。それから……ええと、あたりが暗くなって、よく見えなくなります。男も女の子もいなくなって、目の前にドアがあります。そのドアをあけると――」

「あけると？」

千代がつづきをうながす。だがたっぷり数秒、そのまま奈都実は絶句した。奇妙な間が流れる。少女の細い喉が、ごくりと上下する。

奈都実はわずかに首を振ると、

「ドアを――ドアをあけると、そこは外でした。たぶん、もとの公園です。木の枝に黄いろいリボンがたくさん結ばれてます。リボンが風にひらひら揺れて、だいたいいつもそのあたりで目が覚めます」

と言いきり、口を閉ざした。

話はどうやらそこで終わりのようだった。膝に置いた奈都実の手が、こまかく震えている。

千代がやさしく問いかけた。

「その夢を、繰りかえし見るのね？」

「……そうです。ほんとに、毎日同じ夢ばっかり」

奈都実はこめかみを指で押さえた。

「どうしてだろう。ここ数年、ずっと夢なんかみてなかったのに」

「覚えていないだけで、夢は必ずみているものですよ」

千代が言う。

「脳味噌は眠っている間も絶えず情報の取捨選択をしてますからね。夢は記憶の整理につかわれることが多いけれど、整理整頓が済んだあとで、これは本体に必要ないものと判断されたなら、とくに忘れやすくなるようよ。ただしこの〝必要ない〟は、覚えているほどの価値がない、本体のためにならない、または本体の精神を危険にさらす等々、いろんな意味あいに分かれますけれど」

「じゃあ、いきなり夢を覚えているようになるっていうのは、どんなときなんですか」

奈都実が顔をあげる。

千代は答えた。

「いちばんありえるのは、警告ね」

ポットを持ちあげて、からになった奈都実のカップにお茶を注ぐ。

「予知夢というのは、たいてい注意報のサイレンなの。過去の記憶と、現在のなにかが結びついてあなたに警告している。今回はそれが、女の子の誘拐事件へとつながったようやね」

「じゃあわたし、夢をみてすぐ、警察に通報しておくべきだったんでしょうか」

みるみる白っぽい頬になって奈都実は言った。

「だって夢は、わたしに事件が起こることを知らせてたんですよね。わたしがちゃんと動いていれば、あの子は誘拐されずに済んだってことですか」

目に見えて狼狽《ろうばい》しだす少女を、

「落ちついて」

と千代は押しとどめ、目を細めた。

「怖い夢をみました、なんて奈都実ちゃんが通報したところで、警察はまともに取りあったりしませんよ。あなたに責任はないの。ただ、夢がなにかしら警告していたことだけは確かね」

「それって、なんなんですか」

うつろな口調で、奈都実が問いかける。

「さあてねえ」

千代はいなすように顎をあげて、

「イチ、寝間におふとん敷いてちょうだい。きっと、いろいろと大事なものが視えてくるでしょうよ」

とかたわらの孫息子に申しつけた。

3

千代と奈都実が眠りに落ちてすぐ、枕もとで壱が口をひらいた。

顔は正面を向いているが、隣の晶水に発した問いであるとはすぐわかる。晶水は奈都実を覗きこんだ姿勢のままうなずいて、

「心配？」

「うん、蓼川のことももちろんだけど、いなくなった女の子のことも心配」

と低く言った。

「夢ん中に、なんか手がかりがあるといいけどな」

「あると思う？」

「さあ。こればっかりは、入ってみないとわかんねえんだ」

抑揚なく壱は答えた。

奈都実の夢の中ははじめのうち、とろりと濃いポタージュスープのような濃霧に包まれていた。晶水が立つ透明な床も、心なしか磨り硝子《ガラス》のようにやや白っぽい。

その場でしばし待つ。

すこしずつ霧が晴れ、視界がクリアになっていく。

冷えた床に晶水は膝をついた。きっとここも奈都実の〝中〟ではあるのだろうが、体温らしきものは感じない。

夢は奈都実の視点ですすんでいくようだ。

緑の木々が見えた。次にジャングルジムと、ブランコが見えた。どうやら公園らしい。映画のように、ときにクローズアップされ、ときに視点がぼやけながら景色は流れていく。

登場人物のうちに、蓼川奈都実の姿はなかった。

まず少女がいた。奈都実の言ったとおり、七、八歳だろうか。利発そうな顔をしている。

目鼻立ちのくっきりしたなかなかの美少女だ。

公園の遊具を背に、少女は身ぶり手ぶりでなにか話している。だが声は聞こえない。サイレント映画のように、映像だけで音のない世界だった。

ふいに、男が少女に近づく。

これが例の〝顔が影になった男〟だろう。男がなにごとか話しかける。少女は答える。だが、当惑顔だ。どう答えていいかわからない、といった様子に見えた。

白いものがきらめいた。晶水は目をすがめた。

あれがナイフだろうか。少女がすくむのがわかる。

男は唇に指をあてて「静かにしろ」のサインをすると、少女の背を押して、車に強引に押しこめた。

——黒い車。いや、紺かもしれない。たぶんセダンタイプだ。

と晶水は胸の内でつぶやいた。

夢の映像ゆえあいまいだが、いまどきの丸みを帯びたシルエットではなく、タクシーや教習車のようにリアの突き出た角ばった車だ。

車が揺れる。乱暴な運転だった。

後部座席で少女がしくしくと泣いている。ハンドルを握る男の姿はよく見えない。画面の中心にいるのはつねに少女だ。

場面がぱっと切り替わった。

少女がなにか怒鳴っている。顔が真っ赤だ。

怒っているようにも、泣いているようにも見える。だがやはり、なにを言っているかは聞こえない。

唇を読みとろうと、晶水はガラスの床に両手をついて顔を近づけた。しかし無駄だった。かんじんの部分になると、少女の顔に霧がかかってぼやけてしまうのだ。

あたりが暗くなる。

すこしだけ仄明るくなった道の先に、一枚のドアがあった。まわりには誰もいない。少女も男も、いつの間にか消えている。

木目ではなく、煉瓦いろに塗られたドアだった。握ってひねるタイプのドアノブがついている。

――ああ、ドアがひらく。

晶水は思った。ひらいたらきっと、あの中になにかある。

だが視点は、彼女の予感を裏切ってすい、と横へそれた。

あれ、と晶水は思った。

なにか妙だ。どこか、しっくりこない。

流れがおかしい気がする。風が吹くべき方向へ吹いていないような、なんともいえぬ違和感。なんだか、意図的に捻《ね》じ曲げられたような。

そのとき、世界が大きく波打った。

壱の腕がふたりを掴み、のぼってくるのがわかる。感覚でひりひりと伝わる。

どうやら手助けは必要なさそうだった。晶水はうねり、蠢動《しゅんどう》する下界の眺めへ目をこらした。

煉瓦いろのドアが、わずかにひらく。

なぜかぎくりと晶水の胸がこわばった。じっと凝視する。視覚に全神経を集中させる。

——見えた。

いや覗いた、という程度か。

ドアの隙間から、黄色いリボンがひらめく。そして子供がよそいきで着るような、ひらひらのドレス。大きな大きなお人形さん。

そうだ、失踪した少女はピアノ発表会で着るドレスを、友達に見せに行く途中で失踪したんだった、と晶水は思いだす。

じゃああのお人形も、その子のものだろうか。

でも、あんなに大きなお人形——。

「石川、もういい、起きろ！」

ぐいと襟首をつかまれた。

山江壱の声だ、と知覚した次の瞬間、晶水は体ごと意識ごと、はるか高みに引きずりあげられていた。


それから十分ほど二階で休み、奈都実は山江家を辞去していった。

千代はいつものとおり「じきに夢に変化があるでしょうから、ほしたらまたおいでなさい」と言い、多くは語らず少女を送りだした。

「石川先輩、ありがとうございました」

まだ血の気の戻りきらない頬をして、玄関先で奈都実はぺこりと頭をさげた。

「わたしはべつに、なにもしてないから」

「いえ。ほんと、あそこで先輩に会えてよかったです。なんて言ったらいいかわからないけど、いろいろ感謝してます。嬉しかったです」

奈都実が顔をあげた。

「……よかったら今度、練習観に来てください。あの、トシ先輩といっしょに」

咄嗟に晶水はなにも言えなかった。

いま一度頭をさげ、後輩が帰っていく。

その背中を見送りながら、即座に「うん」とうなずいてやれなかったことを、唇を嚙んで晶水は恥じた。

4

赤いタッパーの中でつやつや光る洋梨《ようなし》にフォークを突き刺して、

「そういやアキ、ダイエットやめたんだ」

と美舟が言った。

咀嚼した鶏つくねを、反射的に晶水はごくんと飲みこんだ。

昼の弁当はすっかりもとの大きさと量に戻っている。ばつ悪く、ちょっと目をそらして答えた。

「……朝昼減らすと、日中動けなくなることがよくわかったの。だからせめて、夜の炭水化物だけ減らそうかと」

「悪あがきを」美舟が鼻で笑う。

「アキちゃん、ほんと必要ないってば」と雛乃が心配そうに、購買のメロンパンをさかんに指でむしる。

晶水は最後のたまご焼きを口に放りこんで、

「ねえトシ、蓼川奈都実って覚えてるかな。二個下の」

とかたわらの親友に問いかけてみた。

美舟が即答する。

「蓼川？　ああ、PG志望の子でしょ。色の白い子。確か、アキのファンクラブには入ってなかったようだけど」

「そこはいいの」

晶水はかぶりを振り、「どんな子だったっけ」と重ねて訊いた。

「うーん、あたしもそんなによく覚えてないな」

美舟が天井を見て考えこむ。

「練習態度は真面目だったと思うよ。けど、おとなしくて目だたない子。レギュラー争いにも一歩ひいてる感じだったかな。あたしがあたしが！　って前に出たがるタイプじゃなくて、どっちかというと選ばれるのを待ってるタイプ。バスケやるには、性格でちょっと損してるかなって思った記憶がある」

「さすがトシ。よく覚えてるね」

晶水は感嘆した。

美舟が肩をすくめる。

「そこはほら、相方が大雑把だからね。自然とあたしが細かくならざるを得ないのよ」

「うるさい」

と晶水が渋い顔になったとき、かばんの中で携帯電話がぴりり、と鳴った。

「メールだ、ちょっとごめん」

律儀に断ってから、液晶に視線を落とす。新着メールの差出人を見て、晶水の眉根がかすかに寄った。

——蓼川奈都実。

画面をタップし、メールをひらいた。ざっと文面に目を走らせ、顔をあげる。

「トシ」

「どしたの。山江から？」

美舟がのんびりと言う。

それには答えず、素早く弁当を片づけて晶水は立ちあがった。

「悪いけど、わたし十分くらい外出してくる。昼休みが終わるまでには戻ってくるつもりだけど、もし戻らなかったら、先生には保健室行ったって言っといて」


結局晶水が戻ってこられたのは、授業が終わって次の休み時間になってからであった。

廊下や階段が喧騒《けんそう》に包まれているのをいいことに、こっそりと教室へ戻る。ひらきっぱなしの引き戸からそっと中へすべりこむ。と、神林佐紀となぜかまともに目が合った。

女子バレー部の面めんと、またもひそひそやりだす。顔には薄笑いが貼りついている。

会話の内容はだいたいわかった。どうせさっきの授業をさぼったことについてだろう。彼女たちを無視し、晶水は自分の席へ戻って椅子をひいた。

「用事、終わった?」

　美舟が訊く。

「ん、まあ」

　あいまいに晶水は答えた。さて、A組に行かなくちゃいけないな。それともメールでいいか、と逡巡していると、

「あ、山江くうん」

　と背後から佐紀のかん高い声がした。

「おー。ここ座っていい?」壱の声がつづく。

「いいよいいよ、どうぞ」

　晶水は振りむかなかった。椅子や机が、がたがたとずらされる音がする。

　佐紀が呼んだのかそれとも壱が自主的に来たのかは知らないが、おそらく例のコート使用権についての交渉のつづきだろう。

　女子バレー部にとってはけっしてありがたい使者ではないだろうに、あの歓迎ぶりは山江壱の人徳によるものか、それとも。

　晶水は携帯電話を手にとった。タップして履歴から壱のアドレスを呼びだす。

『さっき蓼川と会ってきた。それについて話したいから、放課後に時間――』

そこまで打って、手を止める。

壱と佐紀の会話は聞こえてこない。なにごとか話しているのは気配で伝わるが、さすがに内容まで筒抜けの距離ではない。

『作成中のメールがあります。保存しますか』の警告文に『いいえ』を選択して、晶水は携帯電話をかばんに放りこんだ。

立ちあがる。迷いのない足どりで、つかつかと女子バレー部が陣取る一角へと歩み寄る。

佐紀の目の前に立った。

睨むのも一瞬忘れ、佐紀がきょとんと晶水を見あげる。

「ごめん」

晶水は言った。

「――山江に話があるの。ごめんね」

壱に視線を移した。

「ちょっといい？」と、教室の外を親指でさす。壱は平然とうなずいて、

「いいよ。こっちは急ぎの話じゃないから」

と腰を浮かせた。

向かった先は、当然のごとく北校舎だった。渡り廊下を過ぎ、長い廊下をたどって、どんづまりの音楽室の前で止まる。

むろん「元」のつく音楽室で、いまは古い楽器や石膏の胸像たちが積まれたただの物置でしかない。

黴くさい空気を逃がそうと、晶水は窓をあけた。

「次の授業はさぼれないから、なるべく手短に言うね」

「なに石川、さぼったの？」

壱が片眉をさげる。晶水はうなずいて、

「昼休みに蓼川からメールが来たの。ちょっと話せないかって呼び出されたから、近くのコンビニで落ちあって聞いてきた。あの子、『記憶の一部が戻ったみたいだ』って言ってたよ。そのことについて、今日千代さんに相談できないかって」

「わかった。んじゃあとでばあちゃんに電話しとく」

壱が首肯した。

「奈都実ちゃん、だいじょぶだった？　混乱してなかった？」

「してた。顔いろも悪かったし、学校も早退したみたい。でもくわしい話はあとにして。どうせ千代さんの前でもう一度、蓼川の口から話すことになるはずだから」

晶水はちょっと言いよどんで、

「……あの夢って、なにかへんじゃなかった？」

と壱を見た。

「うまく言えないけど、あのドアのあたりで流れがおかしい、って感じたの。なんていうのかな、あるべき流れを無理やり捻じ曲げた、みたいな」

ああ、と壱が腕を組んだ。

「それたぶん、明晰夢《めいせきむ》だ」

「メイセキム？」

「うん。夢をみながら〝ああこれは夢だ〟って自覚できる状態で、内容や展開を意思で自由にコントロールできる夢のこと。つまり悪夢をみてても〝ああこれからやばい方向に行きそうだ〟ってわかったら、そうならないよう回避したりできるわけ」

壱が首をひねった。

「でもこれができるのってそうとう夢をみ慣れてる人のはずだから、起きたらすぐ忘れちゃうタイプの子が明晰夢をみるのってすごくめずらしいよ」

ってことはあのドアかな、と彼がぼそっとつぶやく。

「ドアがどうかしたの」

「いや、あれがよっぽど怖かったのかな、って思って」

その刹那、晶水はわけもなく首すじがひやりとするのを感じた。だがすぐに振りはらって、

「そろそろ戻ろう。山江もまだ、神林さんたちと話があるんでしょ」と言った。

「ん、そうだな」

壱がきびすを返す。

なかば無意識に、晶水の唇がひらいた。

「そういや神林さん、わたしのことなにか言ってた？」

「え？」

怪訝そうに壱が振りかえる。

はっとして、晶水は手を振った。

「ううん、なんでもない」

足を止めたまま、壱がじっと見つめてくる。

この眼。苦手な視線だ。晶水はななめ上方に顔をそらして、

「——あの子ってさ、山江のこと好きなんじゃないの」

と言った。

しかし壱はなにも言わない。表情ひとつ変えない。沈黙に耐えきれず、つい晶水は問いを重ねた。

「そう思ったこと、ない？」

「さあ」

壱が即答する。晶水は顔をしかめた。

「さあ、って」

「おれ、好きな子相手にならなるべくアンテナ張るし、探りも入れるよ。でもそうでない子には、なんもしないから知らない」

肩をすくめて、

「第一石川、おれにそれ訊いてどうすんの」

と壱が逆に訊いてきた。

「べつに……どうってこともないけど」

なぜかたじろいで、晶水は歯切れ悪くもごもご言葉を返した。

「ふーん」

頭の後ろで、壱が両腕を組む。

「それ、探りだったら嬉しいけど、牽制《けんせい》だったらちょい傷つく」

低い声で壱が言った。

いままでに聞いたことのないような声音だ。晶水がすこし息を飲む。

だがそれはほんの一瞬だった。すぐまた彼はもとの明るい口調に戻って、

「おれが好きなのは石川なんだからさ、あんまいじめんなよな」

と、にいっと笑った。

5

放課後にふたたび校門近くのコンビニで待ちあわせ、三人は山江家へ向かった。

壱から事前に電話をもらっていた千代は、さすがに話が早かった。奈都実はすこし首をすくめるようにして、

「記憶が戻ったんですって？」

「いえ、ぜんぶじゃないんです。まだほんの一部分でしかないんですけど」

ときつく眉根を寄せた。

「けど……ひとりで抱えこんでいるのが、しんどくて。それにもしかしたら、いま行方不明になってる子を探す、なにかの手がかりになるかもしれないから」

真剣な顔でそう言いつのる奈都実の唇は、こまかく痙攣《けいれん》していた。

なだめるように、千代が手で制する。

「落ちついて。まずひとつずつ片づけていきましょう。まず、奈都実ちゃんはいったいなにについて思いだしたのかしら？」

「……わたしの夢の中の、あの女の子のことです」

「あの子ね。知っている子だったの？」

「知っているというか……」

奈都実は言葉を切り、ためらいがちに残りの台詞を押しだした。

「思いだしたんです。あの子は——あの女の子は、わたしの従姉《いとこ》です」

晶水は目を見張った。

奈都実の声がつづく。

「三歳上の従姉でした。母方の伯母の、つまり母の姉の娘です。名前は稚花子《ちかこ》ちゃん。わたしはいつも、チカちゃんて呼んでました」

少女が顔をあげた。

双眸が白く光った。

「チカちゃんはわたしが幼稚園に通っている頃、行方不明になりました。たぶん石川先輩が言ってた〝十数年前にいなくなった子〟が、きっとチカちゃんのことです。わたし、やっぱり黄いろいリボンを見たことがあるんです。だって——だって、思いだしたもの。公園の木の枝に、リボンがいっぱい結んであって。風に揺れて」

どうして忘れていたんだろう、とあえぐように言う奈都実を、慌てて晶水は手を伸ばして支えた。

「だいじょうぶよ、奈都実ちゃん」

おだやかに千代が言った。

「つらいことを忘れるのは、自己防衛機能ですからあたりまえのことやの。それより、話したいなら話してしまいなさい。思いだしたのは、いまそうすべきときやと脳が判断したからですよ。体と脳の悲鳴は、聞くべきときに聞いてあげないと、あなたがパンクしてしまいます」

やさしいが、断固とした声音だった。

晶水の助けを借りて、奈都実はくずおれかけた上体をゆっくり起こした。脂汗の浮いた額を、掌で押さえる。

「わたし……わたし、ずっと、幼い頃はおばあちゃんの家に——長野に住んでたと思いこんでました。でも、違ったんだ。確かにおばあちゃん家《ち》で暮らした時期もあったけど、でもその前はちゃんとこっちで父と母と、三人で住んでいたんです」

「記憶の書き換えは、よくあることよ」

　千代が言った。

「子供はとくに、大人の言うことを無条件に信じざるを得ませんからね。親が意図的に『あのときはああだった、こうだった』と繰りかえし吹きこめば、すこしずつきれいに上書きされていくものです。奈都実ちゃんのご両親はきっと、チカちゃんの記憶を〝こわいもの〟として、あなたの中から消してしまいたかったんでしょう」

「なぜですか。どうして、そんなこと」

「さあねえ。でも親しかった従姉が失踪しただなんて、心の傷になりかねないと思ったんやないかしらね。おばあちゃんの家に行かせたのは治安が心配だったからかも。もっともこれはぜんぶ、わたしの単なる当て推量ですけれど」

　千代が微笑んだ。

　奈都実は晶水にもたれるようにして、そっと口をひらいた。唇から、わななく声が洩れた。

「わたし、もうひとつ、思いだしたんです」

　きゅっと胸のあたりで手を握りあわせ、少女は言った。

「たぶん、チカちゃんがいなくなってすぐのことだと思います。わたし、やっぱり夢をみて……内容は覚えてないんですけど、その夢はきっとチカちゃんの誘拐と関係あることだって気がして、まわりの大人に打ちあけたんです。だけどみんな、まともに取りあってくれませんでした。父も母も、祖父母もただ『悪い夢をみたんだよ』ってなだめるだけで」

「それは最近みるようになった夢と、また違う夢なのかしら」

千代が頰に手をあてる。

奈都実は首を振った。

「わからないんです。思いだせなくて。――すみません、わたしの頭がもっと、しっかりしていればよかったんですけど」

泣きだしそうに、語尾が震えた。

千代は手を振って、

「そんなことあれへん。奈都実ちゃんはじゅうぶんしっかりしてますよ。取り乱しもせず、立派なもんです」

と少女の肩をかるく叩いた。

奈都実が目の縁をそっと指でぬぐう。

「まだぜんぜん、記憶のほとんどに薄靄《うすもや》がかかったままなんです。全体の十分の一も思いだせてない感じ。母に訊けたらいいんですが……たぶん話してくれないと思います」

「それは、どうして？」

「だって従姉のことなんて、一度も話題に出たことがないし、伯母とも疎遠だし。第一うちの母親って、すごいヒステリーで、話しづらいんです」

「じゃあおとうさんは？」

「父は母の言いなりです。やさしいんだけど、気が弱くて。母の意に沿わないことはぜったいにしない人です」

千代は脇にひかえる孫息子をちらりと見て、

「あのね、奈都実ちゃん。うちの孫が、あなたがみてたのは明晰夢やったんやないかって言うの。あなた、心あたりはあります？」

「メイセキ――？　なんですか、それ」

「あのね、半覚醒状態で、夢をみてることを自覚しながら、展開をうまく避けたり、誘導したりを自分でコントロールしてしまう夢のこと。〝自分はいま夢をみてる〟って悟った瞬間に起きてしまう人にはみられへん夢なんやけど、どうやらあなたがみていたのがそれのようやのね」

奈都実が愕然と目を見張った。

「じゃあわたし、自分でいいように夢を操作していただけだったんでしょうか」

「さあ、それはどうか」

と千代がとりなしたが、それも耳に入らないふうで、

「じつは昨日も夢をみたんです。手がかりがなにかつかめるんじゃないか、と思ってたけど——予知夢どころか、わたしがそんなんじゃ無理そうですね」

と、奈都実はがっくり肩を落とした。

例の少女が失踪してもう四日か、と晶水は思った。

壱は「二日以内に手がかりが見つからなければ生存の確率はぐっとさがる」と言った。手がかりイコール奈都実の夢だとしても、その時点で三日経っている。もし今日明日中になにか探りあてられないなら、最悪の事態も覚悟しなければならなかった。

「奈都実ちゃんはいままで、起きて夢を覚えていることがほとんどなかったのね？」

なだめるように千代が話題を変えた。

奈都実はすこし気を取りなおして、

「ほとんどというか、まったくです。すこし前までならベッドで目を覚ました瞬間に、ああ寝たな、って思うだけだったんですから」

とかぶりを振った。

ふうん、と千代が顎に指をあてる。

「俗に〝夢をみるのは眠りが浅いからだ〟なんて言いますけれど、そんなことはないのよ。前にも言いましたが、夢は誰でもみます。ことに明晰夢をみるほどなら、半覚醒状態にも慣れているはずでしょう。不自然なほど夢を忘れる、意識できないということは、きっとそこになにかあるんでしょうね」

「なにか、ってなんでしょうね」

「さあ。奈都実ちゃんは思いあたること、あります？」

老女が小首を傾げた。

奈都実はすこし考えこんで、

「もしかしたら……っていうか、ぜんぜん見当違いなこと言ってるかもしれないんですけど、いいですか」

「もちろん。なんでも話して」

ややためらってから、奈都実は口をひらいた。

「もしかしたら、うちの母親のせいかも。さっきも言ったように、うちの母ってすごいヒスで、締めつけがひどいんです。部活はすぐ近所のリナたちといっしょに帰ってこれるからってなんとか許してもらえたけど、門限あるし、携帯だっていまだにキッズケータイしか持たせてもらえないし、お小遣いだっていちいち『参考書を買うからちょうだい』って理由を言ってお願いしないと、一円もくれません」

「それはいまどきめずらしいかもしれへんわね。おかあさんは専業主婦？」

「はい。パートもしないでずっと家にいます。だから、よけいに息苦しくって。なんだかいつも監視されてるみたいな気分なんです」

顔をしかめて、投げだすように言う。

「つまりおかあさんからの抑圧が、奈都実ちゃんの心や夢に影響を及ぼしてるかもしれない、と？」

「抑圧とまでは思いませんけど……でも、わたしがストレスに感じてることは確かです。夢のことだって、母があんなじゃなかったらすぐ打ちあけて相談できただろうし、もっと話は早かったと思います」

「そう」

千代は反駁せず、ただうなずいた。


二度目の夢見は、やはり隣の寝間でおこなわれた。

風が強くなりつつあるらしい。窓は閉まっているが冷気が吹きこんでくる気がして、晶水はカーテンをぴたりと閉ざした。寝間が途端に薄暗くなる。

眠りに沈んだ千代と奈都実を見おろしながら、晶水は横の壱へささやくように言った。

「あの——山江、見た？」

「見たって、なにが」

壱が短く訊きかえす。顔は、敷布団に横たわって眠るふたりに向けたままだ。

晶水はぎこちなく告げた。

「前のとき、蓼川の夢の中で、ドアがちょっとだけ開くのを見たの。山江もあれ見たかな、と思って」

「ほんと？」

壱が首を曲げて、まじまじと晶水を見つめた。

「おれ、ぜんぜんだめだったよ。引きあげるのに夢中でそれどこじゃなかったってのもあるけど、やっぱ石川はすげえな」

で、なにが見えた？　と問いかけられ、晶水は眉間に皺を寄せた。

「それが、とりとめないの。ます黄いろのリボンでしょ。それからフリルたっぷりの、ひらひらしたドレス。あと、すごく大きなお人形がいた。たぶん仏蘭西《フランス》人形かなにかだと思う。やっぱり同じようなフリルとレースのドレスを着てた」

「お人形かあ。女の子の持ちもんだよな、やっぱ」

「だと思うけど、でも抱き人形じゃなかった。もっとすごく大きいの。ちいさい女の子の遊び道具にするにはたぶん不向きだと思う」

「特注かな。人形のコレクター？　だったら、けっこういい手がかりになるかも」

と壱が唸った。

視界の隅で、枕に頭を預けた奈都実のまぶたがかすかに震えた。慌てて晶水は後輩に向きなおった。

まぶたの下で、奈都実の眼球が激しく動いている。どうやらノンレム睡眠からレム睡眠へと移行したようだ。

「そろそろいいか」

壱の合図で、晶水は両の目を閉ざした。掌があたたかい。エレベータより速く、意識が急降下する。

とぷん、とあたたかい水がかかとに触れたかと思うと、一瞬後、体は濃いポタージュスープの海に飲みこまれていた。

まず見えたのは公園だった。

前と同じ景色だ。緑の木々が生い茂り、柵の中にはブランコやすべり台等の遊具が並んでいる。

女の子がいた。つづいて男が姿をあらわす。顔はやはり黒い影になって見えない。少女が車に押しこまれる。黒っぽいセダンだ。それ以上の情報はやはり得られそうになかった。

車が走りだした。少女がうつむき、啜り泣いている。

場面が変わった。窓だ、と晶水は思った。

シャッター付きの出窓だ。なのに、レールとカーテンもついている。厚ぼったいカーテンはいまどきあまり見ないタイプの、古くさい蔓薔薇《つるばら》模様である。

最初はシャッターもカーテンもあいた状態の窓だった。次にカーテンが閉ざされ、さらにシャッターのおりた窓に映像がとって代わる。

晶水は目をすがめた。画面転換が速い。ちかちかする。

少女が怒鳴っている。顔が真っ赤だ。だか眼に浮いた色は怒りではなく、おびえだった。はっきりとそれが見てとれた。

少女が両手を突きだす。

世界が大きく揺れ、天井がいっぱいに映る。

アイボリーホワイトの天井だ。隅にある灰いろの沁みは、雨漏りの跡だろうか。

視界がぐにゃぐにゃと歪む。

色と光が交錯し、夢の主の——奈都実の混乱が伝わってくる。ばちっと火花のようなものが散った。

途端に、あたりは薄闇に包まれた。

晶水はじっと待った。薄闇の向こうになにがあるか、彼女はよく知っていた。扉だ。あの、煉瓦いろのドアである。

そのとき、晶水の頭の中で声がした。

――アキちゃん、そこにいる？

千代の声だ。

はい、います、と晶水は答えた。

正確には声ではないだろう。脳に直接、コンタクトをとってくるような波動だった。

――ごめんなさいね。この先の役目をちょっと代わってちょうだい。奈都実ちゃんにはわたしより、アキちゃんのほうがええと思うの。先輩後輩で、すでにラポールができてる間柄やから。

ラポール？　と晶水が問いかえす。

千代が言った。

――心と心のつながり。信頼関係のこと。もとは心理学用語らしいけど、要するに心おきなく頼れて、敬意を持って信じられる関係が築かれているということね。奈都実ちゃんにとってその相手は、アキちゃんでしょう。

そんなにいいものかどうか、と晶水は思わず否定しかけた。

謙遜《けんそん》ではない。実際、蓼川奈都実とはそう親しい仲ではなかった。練習中の指導以外では、ほとんど口をきいたことさえなかったはずだ。

だがいまは尻ごみしている場合ではない。

やってみます、と晶水は答えた。

千代の声が頭蓋に響く。

――イチといっしょに行って。まっすぐ行くと、ドアがありますから。

晶水は右手を前に突きだすようにして歩いた。すぐ横に壱の気配を感じる。見えないが、そこにいるとはっきりわかる。

前方にぼう、と赤黒い色彩が浮いた。

扉だ。晶水は足を止めた。いや、彼女が止めたのではない。

奈都実だった。

ここから先へ行かせまいと、この世界の〝主〟の意思がはたらいている。

明晰夢特有の、精神力での強い回避。攻撃的なまでの力が世界を支配する。伝わってくる。

まるで磁場だ。

ドアは開かない。開くべきなのに、晶水の眼前で夢が捻じ曲がっていく。薄闇の中で晶水は探るように手を伸ばし、奈都実を呼んだ。

──蓼川。どこ、蓼川。

だが応える声はなかった。

晶水は焦れて首をめぐらせた。

奈都実の気持ちはわかる。なにしろいま、晶水は体ごと彼女の中にくるまれているようなものだ。いやでもひりひりと伝わっている。

できることならそっとしておいてあげたい。でも、だめだ。いまそれはできない。なぜって、行方不明の子供の命がかかっている。

晶水は肺に息を吸いこむと、せいいっぱい「先輩」の口調で怒鳴った。

──蓼川、返事！

びりり、と空気が震えた。

数秒、静寂が流れた。

せんぱい、とどこかから声がする。

奈都実の声だった。姿は見えない。ただ、いまにも泣きそうな声で、先輩、代わりに見てください──、と乞うてくる。

まるで、寄る辺ない子供のような声音だった。

奈都実が細く訴えている。

やっぱりわたしには無理。ここまで来たのがせいいっぱいです。だから石川先輩、わたしの代わりに見てください、と。

目の前に、煉瓦いろのドアがあった。いまだ固く閉ざされたままだ。だがもうさっきのような、捻じ曲げる圧力は感じない。

いいの、と晶水は訊いた。

――いいです。お願いします。

奈都実がささやくように答える。

扉の横に、壱が立ってるのがぼんやりとわかった。だが彼は開けない。ドアノブに手がかかる位置にはいても、開けようとはしない。だってそれは、彼の役目ではないからだ。

晶水は一歩前へ進んだ。

手を伸ばす。ノブを握る。

ゆっくりとドアがひらいていった。

隙間から光が射しこむ。薄闇が、霧とともに晴れていく。

そうして晶水と壱は、それを目のあたりにした。

6

「もしもし、ヒナ？　おかあさん、なんて言ってた。うん、そっか、ありがと」

通話を切り、晶水はあたりを見まわした。

すでに時刻は日暮れ近い。茜いろの空には蝙蝠が群れ飛び、刻一刻と視界も悪くなっていく。

そういえばこのところぐっと日が短くなった。あと三十分もすれば、街灯が自動で点く暗さに達するだろう。

晶水は舌うちし、携帯電話を制服のポケットに突っこんだ。

山江壱ほどではないが、彼女も視力はいいほうだ。しかし暗くなってしまえば、街灯の光だけでカーテンの柄まで見わける自信はなかった。

「石川！」

背後から鋭い声がした。

ききぃっ、と派手な音とともに、銀いろの車体が反転する。タイヤの焦げる臭いが漂った。ブレーキを引き絞りながら、

「近所の先輩から借りてきた。石川、後ろ乗れ！」

と壱が言う。おそらく通学用に使っているのだろう、ごくシンプルなクロスバイクだ。

一瞬、晶水はためらった。

「あ――いいよ、重いから」

「はあ？」

壱が顔をしかめて、

「石川が重いわけねーじゃん、んな細《ほ》っそい足してさ。いいから乗れって！」

と顎をしゃくる。

観念して晶水は、後輪のハブステップに足を乗せた。二人乗りの立ち乗りなんて、小学生以来だ。どうかおまわりさんに見つかりませんように、と内心で念じて、壱の両肩に摑まった。

全速力で漕ぎだしながら、

「橋本、電話つながった？」

と壱が怒鳴った。

「うん。ヒナのおかあさんに、話をもう一度確認してもらった。やっぱり、蓼川の記憶どおりで間違いないみたい」

晶水も同じほどの大音量で言いかえす。風速で、すぐ後ろにいてさえ大声でないと聞こえない。

あれから目が覚めてすぐ、思いだしました、と奈都実は言った。

――思いだしました。

そして、うつろな眼で彼女は語りだした。

従姉の稚花子がさらわれた日のことだ。「わたしも、いっしょでした」そう奈都実は押しころした声で告げた。あの日、あの公園にいたんです――と。

「だって、わたしはまだ幼稚園に入る前で、母は……そう、母は仕事をしてたから。だから朝早くにわたしをチカちゃん家に預けて、水筒。チカちゃんの言うこと、ちゃんと聞いていい子にしてないとだめよ』って、毎朝――」

奈都実は両手で顔を覆った。

ようやくすべての記憶を彼女は取りもどした。

母はずっと専業主婦だった、と奈都実は言った。しかしその記憶すら、後年になって意図的に塗りかえられたものだった。

当時の蓼川家は共働き家庭だった。専業主婦だったのは、稚花子の実母である伯母だ。奈都実の母は、むしろキャリア志向の女性だった。

母は奈都実をいつも伯母――というより、姪の稚花子に預けっぱなしだった。

稚花子は歳よりずっと大人びて、しっかりした優等生だった。伯母もまた、そんな稚花子を過信していたところがあった。夕飯前の忙しい時間帯などはとくに、奈都実を彼女にまかせきりで放置していた。

——うちの町って過去にも二回くらい、同じように子供がいきなり消えたことがあったらしいのね。

——ふたりいなくなったうちの、ひとりは帰ってきたみたい。

あのとき雛乃はそう言っていた。

雛乃は誤解していた。そしてそれを聞かされた晶水たちも当然のように、

「二度失踪事件があったということは、被害者の子供はふたりだ。そのうちひとりの被害者が帰ってきたのだろう」

と思いこんだ。

だが違った。くだんの町で失踪事件は十五年前と十一年前に起きたという。晶水の電話を受け、

「ええそう。十一年前の事件のほうはふたりがさらわれて、ひとりだけ帰ってきたの」

と雛乃の母親は請けあった。

さらわれた子は、実際は三人いたのだ。そうしてこの〝ひとりだけ帰ってきた少女〟こそ

が、当の蓼川奈都実であった。

「石川、そこの角、右に曲がる！」

壱が怒鳴った。

舌を嚙みそうなほどの猛スピードだ。ほとんどブレーキを踏まず、ハンドル操作と体重移動だけで右折した。反射的に晶水も彼にあわせて体を倒す。

タイヤが大きく横へすべった。車道でないからまだいいようなものの、それでも掌に冷や汗が滲んだ。

「見つけたらどうするの、警察に通報する？」

晶水が壱の耳もとでがなった。

「けど警察だって、令状とかないと家に入れないよね。令状ってすぐ出せるようなもんじゃなくない？　どうする？」

「空き家の件とは違うもんな。関係ないおれたちがあの家があやしいなんて電話しても、きっとまともに取りあってくんないよな」

壱がわめきかえした。

その間も晶水は道の右手を、壱は左手の家々をひとつひとつ目で確かめている。スピードはゆるめない。ふたりとも動体視力は抜群に高い。夜のとばりがおりてしまう前に、なんとしても見つけなくてはならなかった。

ふたりが探しているのは、窓だった。

シャッター付きの出窓。そして厚ぼったく古くさい、蔓薔薇模様のカーテンだ。

あの窓がある家に、さらわれた女の子は監禁されているはずだった。奈都実の夢の中で、彼らはそう確信を得ていた。

「石川、今度はあそこ左折！」

壱の声が鼓膜を打つ。彼の肩にしがみつくようにして、晶水は大きく体を倒した。ちりっ、と肩がブロック塀をかすった。

あの夢の映像。

あれは、幼い奈都実の視点を通したものだった。

男に道を聞かれ、おねえさんらしく対応する稚花子。脅《おど》され、車に押しこまれる稚花子。そして、真っ赤な顔で怒鳴っている稚花子。

顔のない男は奈都実と稚花子を車でさらい、自宅へと連れ帰った。当時、奈都実は三歳。稚花子は六歳だった。

奈都実はわななく声で、

「チカちゃんが、男に向かって言ったんです。わたしを指さして、『この子、嫌い。この子といっしょならなにもしない。言うこと聞かない。だからこの子は、おうちに帰しちゃってよ』って――」

と、千代と晶水に向かって言った。

「いまならわかります。チカちゃんは、せめてわたしだけでも逃がそうとして、ああ言ってくれたんだって。でもわたしはあのとき、まだたったの三つで、チカちゃんがかばってくれてることなんかわからなかった。ただ怒鳴ってるチカちゃんが怖くて、『嫌い』って言われたことがショックで、それだけだったんです」

天井に視点が向いた映像は、稚花子に突き飛ばされた奈都実が尻もちをついたときのものだ。

わけがわからず、ただ奈都実はわんわん泣いた。

このおうちはどこ。おじさんは誰。

どうしてチカちゃんはわたしを嫌いって言うの。どうして意地悪するの。ひどい。こんなのもういや。こんなところ、いたくない。おかあさん。おかあさん。

泣きわめく幼女をもてあました男は、稚花子の言葉どおりに奈都実だけをいま一度車で連れだした。彼は夜中の路上へ、たった三つの女の子をおろして去った。

さいわい奈都実はその後、善意の通行人の通報によって保護された。時刻はすでに、深夜零時を過ぎていた。

しかし奈都実の恐怖はまだ終わらなかった。

大好きな従姉に「嫌い」と言われたショック。夜道の恐ろしさ。泣き叫ぶ伯母の声。父の怒号。入れかわり立ちかわり訪れる、見知らぬ警官。

幼い少女は混乱した。

おびえ、恐れ、パニック状態に陥った。

いつもはやさしい伯母に摑みかかられたことも、母が目を吊りあげて彼女を突きとばしたことも、病院の消毒薬の匂いさえ恐怖の対象だった。

だが稚花子がまだ帰ってこないこと、それを自分のせいだと伯母が責めていることは彼女にもわかった。

「あんたのせいよ」

「なぜあんただけのうのうと戻ってくるの」

「かえして。チカをかえしてよ」

言葉は刃物のように、三歳の少女の胸に突き刺さった。

その場で奈都実は気を失って倒れた。

数日の間昏々《こんこん》と眠りつづけ、意識を取りもどしたときにはほとんどなにも覚えていなかった。心が耐えきれず、つらい記憶を押しこめてしまったのだ。

稚花子の誘拐を知らされた町は、大騒ぎとなった。四年前の悪夢の再現か、と人びとは色めきたち、枝に黄いろいリボンを結んで少女の帰りを待った。

その狂騒ぶりに奈都実の両親は恐れをなした。

「薄情なのはわかってる。でもわたしたちは自分の娘を守りたい」

そう彼らは町議を通して警察にかけあい、「うちの子の名はマスコミに洩らさないでほしい」と重々頼みこんだ。

母は仕事をやめた。来年入園するはずだった幼稚園の予約も取り消し、逃げるように母は奈都実を連れて実家で隠遁《いんとん》生活をはじめた。

以来、母は別人のようになった。

あれほど放任だった彼女が、ほんのすこし娘が視界から消えただけでぎゃんぎゃんとヒステリーを起こすようになった。

「どこへ行ってたの」

「知らない人と口をきくなと、あれほど言ったでしょう」

「いいからあんたは家にいなさい。おかあさんがいいと言うまで、ぜったい外に出るんじゃないよ」

母の豹変《ひょうへん》は、幼い奈都実をさらにおびえさせた。

いまの十四歳の彼女にはわかる。母がそれまでの〝母親としての自分〟の態度を悔いたことも、その反動で一人娘に対して執着に近い過干渉となったことも理解できる。

だが当時の奈都実にはわからなかった。

少女はただ恐怖に震え、環境の変化にもついていけず、大人たちの言葉を鵜呑《うの》みにすることでなんとか適応しようとした。

——おかあさんはずっと専業主婦でおうちにいた。わたしは体が弱いから、空気がきれいなおばあちゃんの家に来た。

与えられる情報すべてを、奈都実は頭から信じこんだ。

その頃、県警は四年の時を経て再開した少女の失踪を、性犯罪者の犯行とみて捜査していた。むろん児童性愛者《ペドフィリア》に絞って、である。

やがて、幼女にいたずらした前科のある男が捜査線上に浮かんだ。警察は彼を最有力容疑者と睨み、証拠を固めるべく近隣に聞きこみをはじめた。

彼が疑われていることはじきに町じゅうの噂となった。

彼の母親は「おまえ、またそんなことを」と泣いた。結婚を一箇月後にひかえた実兄は、彼を殴って絶縁を言いわたした。

数日後「身内にさえ信じてもらえなかった」と、遺書を残して彼は首をくくった。捜査は行きづまり、事件は五年後に時効を迎えた。

稚花子の行方は知れぬままだった。死体すら、見つからずじまいであった。

だが男の死後、ふたたび子供の失踪事件は途絶えた。

「やっぱりあいつの犯行だったんだ」

近隣の皆はそう噂し、ほっと胸を撫でおろした。

町にすっかり安心が広がるのを待って、父は小学校入学を機に奈都実たちを呼びもどした。

伯母の家とは疎遠になった。さすがに両親とも「うちの娘だけが帰ってきてしまった」という罪悪感はぬぐいきれなかった。伯母からも、以後とくに接触はなかった。

奈都実はつらい記憶をすべて忘れた。

だが深層意識は覚えていた。そして、知覚していた。

かつて訪れた〝例の家〟の窓が、また昼間でも閉まるようになったこと。そしてあの角ばった黒い車が、ふたたびしょっちゅう稼働するようになったことを。

「山江！」

晶水が声をあげた。

ブレーキがけたたましい音をたてる。ハブステップを蹴って、晶水は飛び降りた。前方へつんのめるようにして自転車が止まる。

振りかえった壱と目を見合わせて、

「……あれじゃない？」

と晶水は角の家を指さした。

古いが、大きな屋敷だった。塀が高い。表面積のわりに窓がすくない。塀越しに、二階のシャッター付きの出窓が見えた。

シャッターはぴたりと閉ざされていた。

だが、下の隙間に厚めの布地が挟まっているのがなんとか視認できた。時代遅れの、蔓薔薇模様のカーテンだ。

「ああ、あれだ」

壱がうなずいた。

7

塀の裏門は固く施錠されていた。

しかたなく塀を乗りこえてふたりは庭に侵入した。

「せめて中を覗いて、女の子がいるかどうかだけでも確認しようよ。携帯で撮れれば証拠になるし、それを送れば警察だって信じるでしょ」

と晶水は主張し、

「だな。一般人でも確か、現行犯だったら逮捕していいとかって話だもんな」

と壱も首肯した。

大きな屋敷だが、庭はひどく手狭だった。家と塀との距離が近い。塀に沿うようにぐるりとまわっていくと、シャッターがおろされた出窓の下に出た。

晶水は無言で壱を見た。壱が目をちょっと見ひらく。

やがて「……あーもう」とため息をつくと、彼は制服のポケットから特Lサイズの絆創膏を取りだした。

一階のサッシ窓の、三日月錠のそばにぺたりと貼る。庭の石を拾って叩きつけると、音もなくガラスだけが割れた。

「部屋に誰もいませんように」

小声でささやいて、絆創膏を剝《は》がす。ガラスの破片を指で取り除いて、三日月錠をはずした。

人の気配がないのを確認して、サッシをそろそろとひらく。

あがった部屋は畳敷きの和室だった。

部屋を出ると、廊下から玄関が見えた。こそりとも音がしない。晶水は無意識に掌をきつく握った。鼓動がうるさい。耳のそばで早鐘がどくどくと鳴っている。

足音を殺して、全速で階段を駆けあがった。

二階には洋間が二室と、納戸らしき狭い一室があった。しかし少女の姿はなかった。例のシャッター付きの出窓もない。とまどって立ちすくむ晶水に、「石川」と壱が小声で呼びかけた。

唇にひとさし指をあてながら、静かに彼が脚立を移動させてくる。脚立をのぼり、天井の一角をそっと両手ではずした。

晶水は目を見張った。

おりてきたのは、折りたたみ式の梯子《はしご》だった。屋根裏の部屋へつながっているらしい。

壱が脚立をおりるのを待たず、彼女はいちはやく梯子をのぼっていった。

中を一目見て、思わず晶水は声をあげそうになった。

なんとか意思の力でぐっとこらえ、屋根裏部屋に素早く体をすべりこませる。

眼前にあの出窓があった。

蔓薔薇模様のカーテンが引かれ、シャッターが閉ざされている。そのすぐ下に、毛布にくるまった女の子が転がっていた。

七歳かそこらだろう、少女は突然の闖入者に、目をいっぱいに見ひらいていた。満面におびえと恐怖が浮かんでいる。

晶水はさっき壱がしていたように、唇に指をあてて「しっ」と合図した。少女がぱくんと口をつぐむ。

毛布を剝がし、晶水が少女の手足の拘束をほどきにかかる。だがのぼってきた壱が、それを制止した。

「ごめん石川、ほどくのちょい待って」

「え？　だって」

「さっきも言ったじゃん。警察に見せるために、先に写メ撮っとこう」

しかたなしに晶水はいったん少女から離れた。

彼の奇妙なほどの冷静さは頼もしい。が、反面こういうときはすこし恨めしい。

壱が携帯カメラで二度シャッターを切るのを待って、晶水は少女の手足を縛った梱包テープを解いた。その間に壱が一一〇番へ通報を済ませる。

「すぐ来るってさ。……でも、ここで待ってんの、やべーよな」

通話を切って、壱が顔をしかめる。

「うん。外、出よう。犯人がいつ戻ってくるかわからないし、それに」

晶水はかたわらの少女を見おろした。この子はもう、きっと一秒だってここにいたくないはずだ。

「だいじょうぶ、歩ける？」

小声で訊くと、蒼白な顔ながらも少女は気丈にこっくりうなずいた。

少女に手を貸しながら、慎重に梯子をおりる。

邸内はやはり静まりかえっていた。

階段の手前で階下の気配をうかがう。数秒待ってから「おりよう」とうなずきあい、忍び足で階段をくだった。

一階は静かで、体温もなく冷えていた。だが玄関から出る気にはなれなかった。さっきの侵入口から出ようと、廊下を逆にたどる。

その瞬間、びりっと晶水の神経が波立った。

うなじの毛が逆立つ。二の腕にざっと粟粒《あわつぶ》が生じる。全神経が、ひとりでに背後の一点へ集中するのがわかった。

だめだ、と晶水は己に言い聞かせた。だめだ、だめだ。見ちゃいけない。振りむいちゃいけない。

体の奥で、大音量で警報が鳴っている。そこにあるのは見ては、、、ならない、、、ものだと、頭蓋いっぱいにサイレンを響かせている。

だが晶水は振りかえった。

そこに、煉瓦いろの扉があった。

――だめ。

だめ、やめなさい。あけちゃいけない。そう諫《いさ》めるあの声は、死んだ母だろうか。体内でわんわんと警告音が反響する。

だが、ほとんど無意識に晶水は手を伸ばした。ドアノブを握って、ひねった。

まず目を射たのは、巨大な天蓋《てんがい》付きのベッドだった。

次いでフリルとレース。

ドレス。宝石。きらめくスワロフスキー。

――ベッドに横たわる、大きな大きなお人形。

いいそれはひどく無様に、ベッドに身を投げだすようにして横たわっていた。

両手を胸の上で組んでいる。レースたっぷりのドレスは、純白のウエディングドレスだ。

頭にはティアラとヴェールをかぶり、左手の薬指にはダイヤの指輪を嵌《は》めている。なんの素材でできているのか、指の一部はどす黒く変色していた。

――違う。

晶水は思った。

違う、これはお人形なんかじゃない。

これは、この物体は〝もと人間だったもの〟だ。

ひどく稚拙《ちせつ》な、しろうと細工の――人間の女の、剝製《はくせい》だった。

天井からは針金とテグスで、祝福の天使のごとくタキシードの少年とドレス姿の少女が吊るされていた。

少年のほうは完全にミイラ化している。対する少女は真っ黒にひからびて、饐えた臭いをはなっていた。

骨格は針金で縛られ固定されている。が、両の腕は肩からはずれかけ、ぶらんと力なく垂れていた。タキシードもドレスも埃まみれで、虫食いだらけだ。

傍目にもふたりは中心の〝花嫁〟に比べ、ひどくぞんざいな扱いだった。防腐処理すら、ろくにされていないようだった。

晶水は立ちすくんでいた。

目の前の光景が信じられなかった。これはいったいなに。どうしてこんなことが。なぜ。なにがあったの。疑問が脳内でぐるぐると巡る。

次の瞬間、晶水は横から思いきり突き飛ばされていた。

肩から壁に打ちあたり、呻く。

顔をあげる。突き飛ばしたのは壱だとわかった。そして数秒前まで晶水がいた位置に、初老の男が両腕を突きだして立っていた。

痩せさらばえた手を、男は鉤爪のように曲げていた。

男の唇がひらき、動く。しわがれた声が洩れた。

さわるな、と唸った声がかろうじて聞きとれた。うつろな眼で、男はぶつぶつと独り言のようなつぶやきを落とした。

「……彼女にさわるな……大事な花嫁……ぼくが、彼女を呼びもどした……きれいにして……すっかりもとどおり……」

男の目が晶水をとらえた。

ぎくしゃくとした動きで、だがまっすぐに向かってくる。晶水は喉の奥でくぐもった悲鳴をあげた。足が動かない。すくんでしまっている。

男の右腕に、背後から素早く腕がからまった。

壱だ。

肘の関節が完全に決まっている。だが男は意に介しなかった。痛みを感じていないのか、壱を引きずってすすんでくる。

舌打ちし、壱が手を離した。

なぜかその舌打ちで、はっと晶水の凝固が溶けた。

迷いはなかった。傷めた右を軸足にし、思いきり男の膝を横から蹴りつけた。がくん、と男の体がななめに落ちる。

体勢が崩れたところへ、壱が掌底《しょうてい》を耳の後ろに叩きつけた。

にぶい音がした。

男は一瞬棒立ちになり、次いで、空気が抜けたようにぐにゃりとその場へくずおれた。

静寂が落ちた。

荒い息を吐いて、ふたりは顔を見合わせた。

どちらの顔も、冷や汗でぐっしょり濡れている。

ドアの外で少女が啜り泣いている。その声を、近づくパトカーのサイレンがかき消していった。

8

逮捕された男は屋敷の主で、今年五十八歳になる無職の男であった。

天蓋つきのベッドの〝花嫁〟は、彼のもと恋人であった。彼女が孤児であることを理由に結婚を反対され、ようやく口うるさい母が亡くなったときには、彼も恋人も四十歳をとうに過ぎていた。

だが幸せはつかの間だった。

入籍を前にして恋人は病死した。その死に彼は耐えられなかった。

男は彼女を死から呼びもどそう、この世にとどめておこうとした。すぐに防腐剤を注射したが、量が足りなかった。

彼はしかたなく腐りかけた内臓を撤去し、代わりにウレタンを詰めた。完全に腐ってしまう前にと、花嫁の首、上半身、腹部、両手足と分けて石膏で型どりしたのち、舌、歯茎など腐りそうな部位を撤去した。

石膏を組みたてると彼女の『型』ができた。

彼は慎重にその表面へ、剝がした彼女の皮膚を張っていった。彼女の髪を切って手製の粗末なかつらをつくり、目にはガラスの義眼を嵌めた。

皮膚にはあらためて防腐処理をほどこしたが、末端の一部はすでに変色していた。だがそれすら彼は「彼女がいったん去り、また戻ってきた証」として愛し、いつくしんだという。

少女たちを誘拐した動機はむろん、性的なものではなかった。

彼は死せる花嫁だけを愛しつづけていたからだ。

彼が必要としたのは、ふたりの結婚を祝福するフラワーガールとリングボーイだった。

十五年前、彼は県外で少年を、近くの町で少女をさらった。しかし愛する花嫁ほど丹念な防腐処理はほどこさなかった。

同じ室内で条件はいっしょだというのに、なぜかリングボーイはうまくミイラ化してくれた。が、フラワーガールのほうはそうはいかなかった。

朽ちた少女の代わりに〝新品〟を花嫁に捧《ささ》げるべく、男はふたたび同じ町から少女を誘拐した。男の中では「代わりなのだから、同じ町から同じように調達しないと」という理屈があった。

それが十一年前のことだ。そのときさらわれた子が、稚花子であった。

「ちょうどふたりいたので、フラワーガールを増やそうかとも思ったのだが、ひとりは泣いてうるさいし、仲も良くなさそうだったので道端に置いてきた」

と男は供述した。

愛する花嫁の頭上で喧嘩などされては困るのだ、と彼は淡々と語った。

だが約十年を経て、稚花子もだいぶ傷んでしまった。見栄えもよくなく、とうていもう天使には見えない。

「新しい子をまた捧げなければと思いました。だからまた同じ町で、条件を揃えて同じようにさらってきた。彼女を喜ばせたかったのに、残念です」

男は真顔を崩さずそう話したという。

監禁されていた少女は衰弱していたが、外傷もなくじきに回復するだろうとのことだった。

毛布を与えられたおかげで体温が保たれており、また男に隠れて雨漏りの水滴を舐《な》めていたことがさいわいしたそうであった。

警察は事件があまりに猟奇的に過ぎること、また救出された少女のプライバシー保護を理由として、公表を必要最低限にひかえた。

新聞は『行方不明の少女、無事発見される』の部分だけを大々的に報道し、犯人については、『容疑を認めているが、動機については意味不明なことを話しており』『県警捜査一課は今後も余罪を追及していく方針』と数行、あいまいに書いたのみに終わった。

9

教室の底を、凪いだざわめきが流れていた。

ときおり高い笑い声が起こるが、それも一瞬で、すぐにまたもとの低いトーンに戻っていく。

本来なら英語の授業時間だったはずが、担当教師の急病により自習となったのである。二、三年生ならばこれさいわいと内職にいそしむところだろうが、あいにくまだ一年生は大学受験への危機感も薄い。

通りいっぺんに課題を終えたあとは皆、友達と椅子を寄せてしゃべったり、携帯電話やタブレットでゲームをはじめたり、早弁したり、枝毛を切ったりと、思い思いに過ごしている。

そんな中、晶水は携帯のアドレスに着いたばかりのメールを熟読していた。

差出人は蓼川奈都実だった。

稚花子の遺骨は無事、親もとへと帰されたそうだ。

稚花子の死体の様子について、晶水はくわしいことを奈都実に語ってはいない。聞かせたくはなかったし、またその必要もないだろうと思った。

納骨は後日あらためて、告別式ののちにおこなわれるのだそうだ。そして奈都実も、

「両親といっしょにお式に出席する予定です」

とのことだった。

レスポンスを終えて携帯電話を置くと、

「なにアキ、熱心にメール打っちゃって。誰宛て？」

と、待ちかまえていたように美舟が振りかえった。からかうような表情を見てとって、晶水が肩をすくめる。

「残念でした、蓼川だよ」

美舟はすこし視線をさまよわせてから、ようやく思いあたったのか「え、蓼川って中学んときの？」と目をまるくした。

「そういやこないだも話題に出たね。あの子、メールするほどアキと親しかったっけ」

「最近ちょっと。あ、そうだ。〝今度練習観に来てください〟って言われたよ。しかも〝ぜひトシ先輩といっしょに〟だってさ」

と晶水は言った。

らしくもなく、美舟がしばし絶句する。向かいの親友の顔をうかがうようにして、

「……行くの？」

と問うてくる。

「行くよ」

しれっと答えてから、晶水は思いなおして「そのうち」と付けくわえた。

途端に美舟がにやっとする。

「そっか。じゃ、あたしも〝そのうち〟誘うとするわ」

と彼女は足を組みなおして言った。晶水が携帯電話をかばんにしまいながら「うん、そうして」と答える。

雛乃が遠くの席から小走りに寄ってくるのが見えた。課題がようやく終わったらしく、片手にプリントを握っている。

雛乃は晶水の机に手を突くと、

「アキちゃん、トシちゃん。ね、問4の答えなんて書いた？　英文は訳せるんだけど、問題文の意味がわかんな――」

雛乃の語尾が消え入った。

思わず晶水は振りかえり、視線の先を追った。

見れば例の女子バレー部一団が、まだ晶水を見てひそひそ、ひそひそとやっていた。神林佐紀を中心に、薄笑いを頬に貼りつけてささやきあっている。

晶水の視線に気づいたのか、にやにや笑いがいっそう大きくなった。

なにを言っているかは聞こえない。まわりのざわめきにかき消されてしまう。

少女たちは肘で突つきあい、ときおりぷっと吹きだしては、嘲笑の浮いた目だけをこちらに向けていた。

晶水は立ちあがった。

「ちょっと、アキ」

「アキちゃん、あの」

止めようとするふたりを後目に、まっすぐに歩み寄り、視線の主の前で足を止めた。

「——言いたいことがあるなら、面と向かって言ってくれるかな」

ほかの三人には目をくれず、佐紀にだけ向かって言った。

しん、と教室が静まりかえった。

背中に突き刺さる注視を感じながら、ゆっくりと晶水は言葉を継いだ。

「わたし、察しが悪いんだ。だからはっきり言ってくれないとわからない」

佐紀は答えなかった。ただ無言で睨みつけてくる。

晶水はその視線を受けとめた。真っ向からじっと見つめかえす。

長い長い沈黙ののち、そらしたのは佐紀のほうだった。

まわりの三人に晶水は目を移した。一様に、さっと彼女たちが顔をそむけた。

唇を嚙んで押し黙る四人に、晶水は重ねて言った。

「あなたたちにひそひそ言われる理由がもしこっちの想像どおりだとしても、わたしは神林さんに睨まれるいわれも、陰口言われる覚えもないよ。誰かを自分の思いどおりにしたいなら、まずそいつ本人に当たって。わたしにやつあたりされても、困る」

すこし待ったが、返事はなかった。

静寂の中を、きびすをかえして席へ戻る。

「すっきりした？」

と美舟が訊いてきた。瞬時にうなずく。

「した」

「アキちゃん、強ーい」

雛乃が感嘆の吐息をついた。

おっかなびっくり、というふうに様子をうかがっていたクラスメイトたちが、どうやら終わったらしいとみてまたざわめきだす。

そのうちの何割かはいまのやりとりについての噂話だろうが、そこはもうどうでもよかった。

美舟が頬杖をついて、くつくつ笑う。

「よかったねアキ、これでまた女子のファンが増えるよ。男子のほうには確実に怖がられたみたいだけど」

「べつにいいよ、怖がられるくらい。害ないし」

「まあねえ」

美舟が肩をすくめた。

「気に入ってくれる男は、ひとりいればじゅうぶんだよね」

「……トシ、うるさい」

晶水が顔をしかめる。

同時に、頭上でチャイムが鳴った。

引き戸があく音ののち、ひときわ大きな喧騒が、うわん、と階段や廊下から響いてくる。

昼休みのはじまりだった。

無意識に、晶水はふっと短く息を吐いた。

A組から一目散に駆けてくる、軽快な足音が聞こえた。

引用・参考文献

『脳は眠らない　夢を生みだす脳のしくみ』　アンドレア・ロック　伊藤和子訳　池谷裕二解説　ランダムハウス講談社
『日本古典文学幻想コレクションⅠ　奇談』　須永朝彦編訳　国書刊行会
『怪談・奇談』　ラフカディオ・ハーン　田代三千稔訳　角川文庫
『八雲が殺した』　赤江瀑　文藝春秋
『死せる花嫁への愛　死体と暮らしたある医師の真実』　ベン・ハリスン　延原泰子訳　早川書房

この作品は書き下ろしです。原稿枚数326枚（400字詰め）。

幻冬舎文庫

●最新刊
アイミタガイ
中條てい

彼女にプロポーズできない会社員、ホームヘルパーに行き詰まる主婦、娘を亡くした夫婦……誰かを想う些細な行動は、立ち止まった背中を優しく押す。幸せのリンクに心が震える傑作長編小説。

●最新刊
天帝のみぎわなる鳳翔
古野まほろ

ある目的のため、身分を偽り軍艦に乗船した高校生のまほろが巻き込まれる密室での殺人事件。各国の思惑も絡み合い、事件は複雑かつ壮大な方向へと向かう。スリルと興奮の傑作ミステリ。

●最新刊
相田家のグッドバイ
Running in the Blood
森　博嗣

紀彦にとって相田家は普通の家庭だったが両親は変わった人だった。やがて紀彦にも子供ができ、両親が死に、母の隠したヘソクリを次々発見……限りなく私小説の姿をした告白の森ミステリィ。

●最新刊
大いなる時を求めて
梁石日《ヤン・ソギル》

済州島で暮らす金宗烈の夢は、日本の天皇のため立派な軍人になること。だが終戦を迎え、価値観が覆されて……。時代に翻弄されながら生き抜く人間の死闘を描く、傑作『血と骨』前夜の物語。

●最新刊
けむたい後輩
柚木麻子

元・作家の栞子、美人で努力家の美里、誰よりも才能を秘めた真実子。名門女子大を舞台に、プライドを持て余した3人の女性たちの嫉妬心と優越感の行き着く先を描く、胸に突き刺さる成長小説。

ドリームダスト・モンスターズ

白《しろ》い河《かわ》、夜《よる》の船《ふね》

櫛木理宇《くしきりう》

平成26年12月5日　初版発行

発行人――石原正康
編集人――永島賞二
発行所――株式会社幻冬舎
〒151-0051東京都渋谷区千駄ヶ谷4-9-7
電話　03(5411)6222(営業)
　　　03(5411)6211(編集)
振替00120-8-767643
印刷・製本―中央精版印刷株式会社
装丁者――高橋雅之

幻冬舎文庫

ISBN978-4-344-42276-6　C0193　く-18-2

幻冬舎ホームページアドレス　http://www.gentosha.co.jp/
この本に関するご意見・ご感想をメールでお寄せいただく場合は、
comment@gentosha.co.jpまで。